HISTOIRE COMMUNALE

DE

LANDAVILLE

PAR

P. POGNON, INSTITUTEUR

*Mieux on connaît son pays
et plus on l'aime*

NEUFCHÂTEAU

SCHULER, IMPRIMEUR-LIBRAIRE

1887

HISTOIRE COMMUNALE

DE

LANDAVILLE

HISTOIRE COMMUNALE

DE

LANDAVILLE

PAR

P. POGNON, INSTITUTEUR

Mieux on connaît son pays
et plus on l'aime.

NEUFCHATEAU

GONTIER-KIENNÉ, IMPRIMEUR-LIBRAIRE

1887

Les vieilles légendes, les contes du village, racontés au coin du feu par nos aïeuls, nous font aimer le sol natal. Les souvenirs qu'ils nous laissent sont ineffaçables.

La monographie qui consigne ces récits, qui discute et vérifie les traditions par la recherche des documents authentiques, aide puissamment à établir et à compléter l'Histoire nationale par les détails qu'elle fournit.

C'est faire œuvre patriotique que de se vouer à ce travail.

REY

Inspecteur primaire.

Neufchâteau. — *1887.*

HISTOIRE COMMUNALE

DE

LANDAVILLE

SITUATION. -- ASPECT GÉNÉRAL.

La commune de Landaville appartient au département des Vosges, à l'arrondissement et au canton de Neufchâteau.

Sa population s'élève à environ 500 habitants. (Nous donnerons, après la notice historique, les chiffres exacts de la population à différentes époques, ainsi que tous les autres renseignements statistiques.) — Elle est située à 65 kilomètres à l'ouest-nord-ouest d'Epinal, et à 9 kilomètres sud-sud-est de Neufchâteau.

Ses limites sont, au nord, Tilleux et Rouvres-la-Chétive; à l'est, Ollainville et Aulnois; au sud, Beaufremont et Lemmecourt; à l'ouest, Jainvillotte et Circourt.

Le territoire a 1310 hectares de superficie, avec une longueur moyenne (de l'est à l'ouest) d'environ 4500 mètres sur une largeur approximative (du nord au sud) de 3000 mètres.

Le village comprend 2 hameaux : Landaville-le-Haut et Landaville-le-Bas ; 2 écarts : la ferme de Mayeval et le moulin de l'Etanchotte. Entre les deux hameaux, distants l'un de l'autre de près de 300 mètres, se trouvent la maison commune (mairie et écoles communales), et 3 maisons particulières. Cette partie du village se nomme les Quatre-Vents. Landaville-le-Haut avec l'église, est bâti sur le flanc d'une colline, au midi, à 457 mètres d'altitude. Landaville-le-Bas est situé dans une vallée assez étroite, au confluent de deux petits cours d'eau : le Bany et le ruisseau de Beaufremont, qui font leur jonction à 315 mètres d'altitude.

Le Bany prend sa source non loin du village de Hagné-ville, où il passe, arrose le territoire d'Aulnois, traverse Landaville-le-Bas et Tilleux, puis se jette dans le Mouzon, à Villars (hameau de Circourt-sur-Mouzon), après un cours d'environ 11 kilomètres.

Le ruisseau de Beaufremont, désigné aussi sous les noms de ruisseau de Lemmecourt, ruisseau de l'Etanchotte, et que quelques personnes appellent encore le Ferrière [1], sort du territoire de Roncourt, arrose les vallées de Beaufremont et de Lemmecourt, au bas de ces villages, forme ensuite sur le territoire de Landaville, les étangs de l'Etanchotte et de Landaville dont les eaux font mouvoir deux moulins, et se réunit au Bany à une distance de 6 kilomètres à peu près de sa source. Quelques personnes prétendent que le nom de *Bany* doit s'appliquer au ruisseau qui descend de Roncourt, attendu que ce cours d'eau prend sa source au lieu dit le pré Bani qui lui aurait ainsi donné son nom. Quant à l'autre, ce serait, dans ce cas, le ruisseau d'Aulnois.

Nous ferons remarquer, à ce sujet, que nos désignations sont extraites des pièces cadastrales ; seulement il serait

---

[1] Ce nom ne figure dans aucune pièce à la mairie.

peut-être plus juste de dire que le Bany est formé par les ruisseaux d'Aulnois et de Beaufremont ; ainsi que l'indique la carte éditée par le ministère de la guerre.

Le territoire de la commune de Landaville est très accidenté ; trois collines dont les sommets sont boisés, en forment la plus grande partie : le *Moyemont* (moyen mont), au sud, dans l'angle formé par le Bany et le ruisseau de Beaufremont, c'est la ligne de partage des eaux de ces deux cours d'eau ; la montagne du *Haut*, au nord-est, et la montagne du *Bas,* au sud-ouest.

Vu de certains points, soit du plateau du *Golmard* ou de *Béregà* (beau regard), l'aspect, dans son ensemble, paraît assez pittoresque ; mais lorsque l'on arrive d'Aulnois ou de Lemmecourt, la vue est d'abord frappée par ces lignes de rochers à pic que l'on voit à droite et à gauche de la vallée du Bany jusqu'au delà de Certilleux et qui se trouvent tantôt au flanc des collines comme les murs de vieux remparts, tantôt au sommet comme les ruines de citadelles d'un autre âge. Le paysage qui se déroule ainsi semble triste et aride, mais ne manque cependant pas d'une certaine grandeur. L'endroit le plus élevé est le Haut-de-Dissant, à 483 m. d'altitude, entre Landaville et Rouvres et sur le sol de ces deux communes. De ce lieu, on jouit d'une vue magnifique. En tournant les regards vers l'orient, on aperçoit les cimes des Vosges dans la brume du lointain ; puis, plus près et distinctement, en commençant par le sud pour finir au nord, les villages suivants : Sauville, Urville, Saint-Ouën, Saulxures-les-Bulgnéville, Bulgnéville, Morville, Aulnois, Auzainvilliers, Vittel, Belmont-sur-Vair, Saint-Remimont, Saint-Menge, Sandau-court, Châtenois en partie (le haut), Laneuveville, Houécourt, Gironcourt, Le Ménil, Morelmaison, Biécourt, Dommartin-sur-Vraine, Viocourt. — Landaville se trouve dans le bassin supérieur de la Meuse, rive droite, à peu près au milieu de la partie la plus large qui est arrosée par ce fleuve, par le Mouzon, le Vair et leurs affluents, et qui a pour limites, de ce côté, les Argonnes orientales. Le bassin de ces trois cours d'eau a son sous-sol imperméable dans toute sa partie supérieure, formant environ les trois quarts de sa surface.

En ce qui nous concerne, c'est à partir de l'embouchure du Bany que le bassin s'ouvre dans des assises géologiques d'une grande perméabilité.

Au point de vue de la constitution du sol, le territoire de notre commune est formé par les terrains de *sédiment*, appelés terrains secondaires.

Il appartient à un étage de ces terrains, le terrain Jurassique comprenant : 1° le *lias* qui s'étend dans toute la vallée .et que caractérisent des marnes feuilletées et un calcaire argilo-sableux ; 2° l'*oolithe* qui constitue en grande partie les montagnes de Landaville ; on reconnaît ce terrain au calcaire jaunâtre qu'on y trouve, et au calcaire compact formant tous ces rochers énormes qui bordent nos côteaux. — C'est dans un de ces rochers, situé dans le bois de Moyemont, que l'on voit la grotte de Chèvre-Roche. Elle renferme cinq chambres formées par la nature ; son entrée est étroite ; il ne peut y passer qu'un homme à la fois, encore faut-il qu'il se tourne de côté. — Ces rochers fournissent de très bons matériaux pour les constructions, et, comme à leur surface, ils sont souvent recouverts par des bancs d'une épaisseur assez mince, on en retirait naguère des dalles appelées laves pour la couverture des maisons.

En fait de fossiles, on rencontre, dans les terres du finage,

des ammonites et des bélemnites en assez grand nombre, des
térébratules, des huîtres d'espèces particulières, ainsi que
des débris de fougères et de prêles.

Il existe du minerai de fer (fer oligiste) dans différents
cantons, mais surtout à Nassaupré, entre Landaville et Rouvres-la-Chétive, où on l'a exploité pendant un certain temps
pour les forges d'Attignéville, moyennant une indemnité
convenue de 200 fr. par 20 ares 44 centiares.

Il y a quelques années, en creusant un puits communal à
Landaville-le-Bas, on a trouvé une autre espèce de minerai
de fer, le fer sulfuré (pyrite de fer), mais en petite quantité.

ORIGINE. — TRADITIONS. — SOUVENIRS.

> Raconter le passé du plus petit village
> français, c'est apporter une pierre à
> l'édifice de l'histoire nationale, c'est
> rendre hommage à la Patrie, enfin, c'est
> contribuer au développement de ce qu'il
> y a de meilleur en nous, l'amour du sol
> natal.
>
> PAUL CHEVREUX, arch, du dép.
> (*L'Hist. comm.* — Moyemont).

Suivant la tradition, Landaville (Landàville en patois) s'appelait autrefois Longueville.

Le *Haut* et le *Bas* formaient alors une localité non séparée.

Un ancien chemin dont les traces sont encore parfaitement visibles dans les chenevières comprises entre les deux hameaux, ne serait, paraît-il, que les derniers vestiges d'une rue de la ville. Il est vrai que, dans cet endroit, l'on rencontre assez souvent des débris de constructions, tels que moëllons, tuiles, etc. Des ustensiles de cuisine y auraient même été trouvés.

Cependant nous avons acquis la certitude que ce chemin auquel on semble donner une si haute antiquité, était encore, il n'y a pas cent ans, la seule voie de communication entre Landaville-le-Haut et Landaville-le-Bas.

Le chemin du Thoreuil qui l'a remplacé ne date que des premières années de ce siècle. En outre, nous ajouterons, tout en respectant la légende, que l'existence de cette Longueville nous paraît bien problématique.

Parmi les différentes étymologies que nous avons pu recueillir sur Landaville, nous donnons la suivante, justifiée

par l'aspect du pays : Landaville viendrait de *Landsvilla,*
Lands, mot celtique qui signifierait aride et *villa* qui, à
l'époque gallo-romaine, ne désignait pas seulement une
simple maison de campagne, mais un village où les chau-
mières des paysans se groupaient autour de l'habitation du
maître [1].

Remarquons, à ce sujet, que presque tous les noms des
communes et même des cantons qui forment leur territoire
sont empruntés à quelque particularité topographique ou
historique.

Ainsi *vau* (val, vallée), *combe, combelle* indiquent des
dépressions de terrain ; *pertuis* signifie *trou.* A Landaville,
par exemple, nous avons *Géravau* (vallée de Gérard), la
Combe Guillaume, les *Combelles* (petites combes), les *Grands
Pertuis, Pertuis Jacquot.* Nous trouvons aussi *la Chapelle,*
où était érigée une chapelle en l'honneur de Notre-Dame-
de-la-Paix, démolie en 1791 ; le *Thoreuil,* dérivation de
thoral, élévation de terre qui séparait deux héritages (les
thoraux formaient des sentiers élevés); *la Justice,* lieu où se
trouvait la potence [2], car le seigneur de Landaville était haut
justicier, — c'était sur la montagne *du Bas,* à l'est du petit
bois de sapins ; — le *Chimpy,* de champay, droit de pacage ; le
Saulcy, de saulsaye, endroit planté de saules ; le bois de
Féel ou de *Feyel* (bois des fées); *les Meix* (les jardins), etc.
Les propriétés sises au lieu dit la *Commanderie* appartenaient au commandeur de l'ordre de Malte ; les vignes du
Fief, les *Corvées,* le *Breuil* (pré que l'on devait faucher par
corvées) étaient aux seigneurs. Nous continuons à transcrire

[1] Voir l'*Histoire de la civilisation française* par A. Rambaud.

[2] C'était quatre piliers reliés par des traverses en bois. Les pierres ont
servi en partie à la construction d'une maison de Landaville-le-Bas.

les souvenirs que nous avons recueillis ; toutefois nous les complétons lorsqu'il y a lieu.

Il y a environ vingt ans, un tombeau gaulois (tumulus) fut découvert à *Nassaupré*. Les fouilles que l'on fit alors mirent à jour un grand nombre d'ossements.

Sous le Bois du Côté, on a fait les mêmes découvertes. Les pierres de ces antiques sépultures ont été employées presque toutes à la construction d'aqueducs. Une hache en silex poli que nous possédons, a été ramassée dans les champs, au nord de Landaville-le-Haut.

Au lieu dit *la Citadelle*, on a trouvé, en défrichant le sol, des débris d'armes anciennes et des ossements humains d'une grandeur plus qu'ordinaire.

On prétend que le chemin *des Soldats*, entre Tilleux et Landaville, serait une ancienne voie romaine.

Il existait, dit-on, une maison de Templiers à *Messeroy* (Maizeroy ou Masseroy). — Nous croyons qu'il y a eu là une station romaine. En labourant en cet endroit, la charrue y heurte souvent d'anciennes fondations, les tuiles à rebord et les briques striées n'y sont pas rares. On y rencontre assez fréquemment des débris d'amphores et de vases romains ; nous possédons même un de ces fragments de vase avec la marque du potier : PRISCINI-M.

Rappelons encore qu'un lion en pierre fut trouvé, il y a quelques années, au canton de *Chinel*. Il est bon d'observer que nous ne mentionnons, en fait de trouvailles, que ce qui jusqu'alors pourrait faire remonter l'origine de notre village aux temps les plus reculés de l'histoire.

Il y avait autrefois deux châteaux à Landaville, l'un en haut et l'autre en bas.

Le premier, qui certainement était le plus ancien, fut détruit à une époque inconnue. Il se trouvait au nord du village, à peu près à la place occupée par la maison désignée sous le nom de « Château de la Folie ». Cette demeure, où l'on voit un millésime de 1674, n'est elle-même que ce qui reste d'une habitation construite à cette date sur les ruines de l'ancien manoir féodal, pour servir de logement, croyons-nous, à quelque officier du seigneur. — C'était alors M. de Ximène (Chimène). — Ce ne fut donc pas, comme on le dit, un nouveau château qui s'éleva dans cet endroit ; car, à la fin du XVIIe siècle, « le village a deux hameaux, Landaville-le-Haut où est l'église et Landaville-le-Bas où est le château [1]. »

On prétend aussi que c'était la résidence de M. le comte de Taxis, ce qui ne nous paraît guère probable ; d'ailleurs, voici, à cet égard, un passage extrait d'un registre de la haute justice (année 1738) et qui semble bien nous donner raison : « ..... Claude Billet, maire..... *se transporta* au château où étant, il demanda à Mme la comtesse de Taxis, dame du lieu, si elle jugeait à propos de faire mettre en ban le peu de fruits champêtres..... Madame lui ayant répondu qu'il fallait le faire, *il monta* à Landaville-le-Haut où se trouve l'église.....[2] » *(Voir surtout, plus loin, la prise de possession de la seigneurie, par M. de Barbarat, en 1740.)*

Le château de Landaville-le-Bas existait encore au commencement de ce siècle, sauf les tours qui avaient été démolies en partie pendant la Révolution. Il occupait l'emplacemement des maisons situées immédiatement au nord de l'étang, dans l'angle formé par les deux ruisseaux dont nous avons parlé et presque au confluent de ces deux cours d'eau.

[1] Pouillé du diocèse de Toul.

[2] *Archives des Vosges.* — Haute Justice de Landaville.

C'était, d'après ce que nous a dit Mme veuve Ruellet, née Gaudez, âgée de 94 ans et qui a parfaitement conservé la mémoire des faits et des choses de ce temps, un grand bâtiment, flanqué de tours, dans le genre de celui qui a été construit un peu à côté, vers 1826. La façade regardait le midi ; aux extrémités de la cour s'élevaient aussi deux autres tours. Cette description est conforme à un vieux plan — bien mal fait, il faut le dire — que nous avons retrouvé à la mairie.

En l'an IX, cette demeure seigneuriale appartenait toujours aux héritiers du dernier seigneur de Landaville, M. de Barbarat de Mazirot ; car du rôle de la contribution foncière de cette année, il résulte que « les mineurs Barbara, à Nancy, pour un revenu de 3,165 fr. 75 paient 797 fr. 77, » le château compris.

M. Moïse Maye devint plus tard acquéreur de tous ces biens et fit bâtir la ferme de *Mayeval* ainsi que le *Pavillon*.

La maison où l'on voit une tour n'était qu'une des dépendances du château. Elle renfermait la prison qui sert de cave aujourd'hui et le pressoir qui n'existe plus. Le greffier de la haute justice qui y résidait, était aussi fermier des pressoirs, portier de la prison et concierge du château.

Les endroits du village désignés sous les noms de *Bergerie*, de *Grand-Four* (four banal) nous indiquent assez quelle en était la destination.

Landaville-le-Haut faisait partie de la Lorraine, ainsi qu'une partie de Landaville-le-Bas ; l'autre partie appartenait au Barrois.

Le ruisseau devait servir de limite aux deux duchés.

La rue Han-le-Duc, que l'on écrit aussi Hanld-le-Duc

(hameau du duc ou du nom d'un duc) dépendait de la baronnie de Beaufremont.

Les habitants de cette partie du village étaient obligés de conduire leur grain au moulin de l'Étanchotte, propriété des seigneurs de Beaufremont.

Nous venons de relater les renseignements les plus précis parmi ceux que nous avons pu recueillir dans la commune ; nous avons dû laisser de côté bien des récits qui nous ont paru sujets à caution, les habitants des campagnes n'ayant plus le souvenir exact de l'état de choses d'autrefois. Nous allons donner au chapitre suivant l'histoire de Landaville d'après les documents que nous avons consultés.

Nous signalerons le conte suivant qui concerne la tradition, conte en patois ancien de Landaville, extrait de l'ouvrage de M. Adam sur les patois lorrains :

Les Fâilles de Féyé éco l'Soutré.

Echotons-nous n'avé, mémé nous récontré les Fâilles de Féyé. Rin que d'ouâr Fousse eco R'neboû, on chonge aux Fâilles.

Ç'ost iécque de moult vie, mes effants et qu'on o pâle mi è s'n âge, mâs v'êtès félis, et pus i fât si touffe que faut bin s'erposè in pou. J'kemoce.

V'voyèz bin les grous p'tieux-lè qu'sont couèchis d'zous les treuches d'épouèche, c'étôt toulé qu'on otrôt chie les Fâilles. Loue mâjon étôt tout patiout bin au fond. Y n'évôt tout pien d'chambes ouéru qu'c'étôt pus bé qu'é l'moteye è lè mosse de méneuil. — On y voyôt toujou pus tiè qu'pâchi d'chus târe o pien meildi, tant qu'y n'évôt des étôles de tourtous les couleurs qu'êtaint étéchi o l'âr. Et pus tout pâtiout les mureilles, c'étôt des mureuils que reluint, que reluint qu'on n'poyôt me les rouâti et qu'on n'voyôt me eul bout.

L'viquaint d'lâr don tops éco d'iécque aute chouse que je
n'sais pus. L'pessaint lou vie è chanté, è jouè, et pus quand y
fiôt bé, l'sautaint fû lè neuil pâ les p'tieux d'Fousse. L'ètaint si
logères que l'ne touchaint me târe et qu'on voyôt tiè au tréva
d'zoves. L'évaint des besognes aussi fines que des érantôles. L'vòt
d'loue bouche sotôt moyou qu'tourtous les bouquets des mouès.
Tourtout Féyé on étôt ropiéni qu'çè v'nôt n'depe Landâville
quand c'étôt l'vot. L'chantaint des p'tit'effares que çè fiôt v'ni
l'eauve è lè bouche, et pus l'feuillaint des rondes, et pus l'se
couèchaint, et pus l'riaint. Mâ n'forôt-me que les effants les
oyeinss', autremot l'se cougint. Pou les pâchonnes raisounâb'
l'les lâyint épreuchi n'depe l'haut d'Deil-çot.

Mâs y n'èvòt l'Soutré que l'naimînt-me parce que l'étôt toujou èprès zoves, j'n'sais pouquè. Iv'nôt pâ lè route de Janô.
L'étôzo fât è pou près coume in diab', l'évôt des coûnes, unne
grand' quoue, des pottes que marquaint dos l'pousso coume cêl-
les d'in boucâ. L'étôt si ouète qu'i chêuillôt tourtout c'qui tou-
chôt.

Quand l'étôt d'chus timouétâme vouéru qu'on podôt dos l'tops
pessè, i s'olouvôt dos l'âr o toûnant èvou l'pousso èco les jévelles
pou qu'i pouéieusse ouar si les Fâilles étaint dos Féyé. Quand
l'les y voyôt, l'y courôt o heulant èvou tourtous les manres nâ-
pions don Sèbêt qu'couraint èprès lu o montant Russapont, qu'cè
fiôt in brouiâd qu'on n'y voyôt goutte. Auss'tout qu'les Fâilles
oyaint lè manigance-lè, l'devinaint c'que ç'étôt, l'se sauvaint
coume des poûrottes d'ougés d'vant l'chesserot, et pus l'rotraint
o trobiant dos loue mâjon qu'eules froumaint bin les euches, et
pus l'lâyint loues voiles d'érantôle chus l'rùpt d'Fouss' pou que
l'Soutré n'voyeusse mi vouéru que l'se couéchaint.

Les Fâilles aimint bin les geos d'Landâville. Quand eun vèche
ou bin eun'nouvelotte étôt pouèdiue l'lè rémouènaint lè neuil
d'vant lè mâjon d'loue mâte.

Dos l'tops d'lè couéroûme, quand les geos fiaint lè crouaille et
qu'i choyint dos lè rouille, l'venaint louzi époutiè d'lè tâtie; dos
lè mouèchon, c'étôt des blousses.

Ouessi l'chin bianc, effants ! peurnons noûes fauceuils, pace
que les Fâilles eun' feuillont rin pou les truands.

Les Fées de Féyelle et le Sotré.

TRADUCTION

Asseyons-nous un moment, grand'mère nous racontera les Fées de Féyelle. Rien que de voir Fosse et Renombois on songe aux Fées.

— C'est quelque chose de bien vieux mes enfants, et dont on ne parle pas à son aise, mais vous êtes fatigués et puis il fait si chaud qu'il faut bien se reposer un peu. Je commence.

Vous voyez bien ces gros trous qui sont cachés sous les souches d'aubépine, c'était là qu'on entrait chez les Fées. Leur maison était tout partout bien au fond. Il y avait beaucoup de chambres où c'était plus beau qu'à l'église, à la messe de minuit.

On y voyait toujours plus clair que par ici sur terre en plein midi, tant il y avait d'étoiles de toutes les couleurs qui étaient attachées en l'air. Et puis tout partout les murailles c'étaient des miroirs qui reluisaient, qui reluisaient, qu'on ne pouvait les regarder et qu'on n'en voyait pas le bout.

Elles vivaient de l'air du temps et d'autre chose que je ne sais plus. Elles passaient leur vie à chanter, à badiner, à jouer, et puis quand il faisait beau elles sortaient la nuit par les trous de Fosse. Elles étaient si légères qu'elles ne touchaient pas terre et qu'on voyait clair au travers d'elles.

Elles avaient des vêtements aussi fins que des toiles d'araignée. Le souffle de leur bouche sentait meilleur que toutes les fleurs des jardins. Tout Féyelle en était rempli que cela venait jusqu'à Landaville, quand c'était le vent. Elles chantaient des petites affaires que cela faisait venir l'eau à la bouche, et puis elles faisaient des rondes, et puis elles se cachaient, et puis elles riaient. Mais il ne fallait pas que les enfants les entendissent, autrement elles se tenaient coites. Pour les personnes raisonnables, elles les laissaient approcher jusqu'au haut de Dix-Cents. (Dissant).

Mais il y avait le Sotré qu'elles n'aimaient pas parce qu'il était toujours après elles, je ne sais pas pourquoi. Il venait par la route d'Aulnois. Il était fait à peu près comme un diable, il avait des cornes, une grande queue, des pattes qui marquaient dans la poussière comme celles d'un bouc. Il était si sale qu'il souillait tout ce qu'il touchait.

Quand il était sur Timoitâme où l'on pendait dans le temps passé, il s'élevait dans l'air en tournant avec la poussière et les javelles pour qu'il pût voir si les Fées étaient dans Féyelle. Quand il les voyait il y courait en hurlant avec tous les mauvais nains du sabbat qui couraient après lui en montant Russapont, que cela faisait un brouillard qu'on n'y voyait goutte. Aussitôt que les Fées entendaient cette manigance, elles devinaient ce que c'était, elles se sauvaient comme des petits d'oiseaux devant le chasserot, et puis elles rentraient en tremblant dans leur maison dont elles fermaient bien les portes, et puis elles laissaient leurs voiles de toile d'araignée sur le ruisseau de Fosse pour que le Sotré ne vit pas où elles se cachaient.

Les Fées aimaient bien les gens de Landaville. Quand une vache ou bien une jeune brebis était perdue, elles la ramenaient la nuit devant la maison de leur maître.

Dans le temps du Carême, quand les gens faisaient la corvée et qu'ils tombaient dans la roie, elles venaient leur apporter de la tarte; pendant la moisson c'étaient des prunes.

Voici le chien blanc, enfants! prenons nos faucilles, parce que les Fées ne font rien pour les paresseux.

NOTICE HISTORIQUE

Si nous n'avons aucune date certaine sur la fondation de Landaville, nous pouvons cependant dire, d'après l'histoire, que son territoire a fait partie de l'ancienne Gaule et qu'il était situé à peu près à l'extrémité sud-ouest du pays occupé par une peuplade gauloise : les Leukes.

Sous la domination romaine, il appartint à la Belgique première ; puis, lors du partage des possessions de Clovis, il fut compris dans le royaume d'Austrasie qui eut Metz pour capitale.

Au traité de Verdun (843) qui mit fin à la lutte fratricide des fils de Louis-le-Débonnaire, l'empire de Charlemagne fut définitivement partagé. Lothaire eut pour sa part, avec l'Italie, cette longue bande de terres qui s'étend entre la Meuse et le Rhône d'une part, le Rhin et les Alpes d'autre part. Ce fut, du nom de son souverain, la *Lotharingie*, dont on a fait le mot *Lorraine*.

Ce royaume, composé d'éléments divers, ne pouvait former une nation. Il fut partagé ; la partie qui conserva le nom du fondateur, disputée par les rois de France et les rois de Germanie, resta pendant des siècles à ceux-ci ; mais seulement sous leur dépendance nominale, car les grands vassaux, parmi lesquels on remarquait le duc de Haute-Lorraine (notre Lorraine), y étaient indépendants.

Nous arrivons à l'époque où un document important nous révèle alors l'existence de Landaville : c'est la chronique de Chaumousey écrite au XIe siècle par Séhère, abbé, traduite en 1671 par l'abbé de France, chanoine régulier [1].

---

[1] *Documents de l'histoire des Vosges.* — Tome 2ᵉ, publié en 1869 au nom du comité d'histoire vosgienne.

Vers 1098, « Béliarde, femme de Vencelin de Chaste-
noys, après le trépas de son mari, conféra tout son patri-
moine à (cette abbaye) c'est asçavoir tout ce qu'elle possède
à Rivirum (Rouvres), à Eavuose (Aouze), à Landaville et à
Barframont¹. » Dans le texte latin, Landaville est écrit
Landinivillam.

En 1148, Adélaïde, sœur de l'empereur Lothaire et mère
du duc de Lorraine, Mathieu 1ᵉʳ ¹, fonda l'abbaye de l'Etanche
(de *stagno*, à cause des étangs dont ce lieu était entouré,
c'était précédemment la vallée du Duc). Comme l'abbaye
était pauvre, le duc lui abandonna plusieurs domaines, entre
autres son franc-alleu de Landaville. Alodium de *Landan-
vile,* ainsi est écrit le nom de cette localité dans la charte
de fondation. (Voir l'original aux archives des Vosges). La
même désignation se retrouve dans la confirmation de la
donation, faite en 1150 par l'archevêque de Trèves. —
Nous voyons ensuite *Landenvile* dans un vidimus de 1296
et *Landevile* dans un dénombrement des biens de l'abbaye
fait au XIIIᵉ siècle.

Un vidimus de 1304 parle de Maizeroy comme appartenant aussi à l'Étanche ².

C'est à l'époque de la fondation de cette abbaye que nous
pouvons faire remonter la construction de l'ancienne église
de Landaville dont la tour seule (style roman) subsiste
encore.

Les communautés religieuses établies vers ce temps élevèrent des églises dont la plupart furent démolies pour faire
place à des monuments de style ogival ; d'autres périrent
dans des sièges ou des incendies ; — celles qui étaient arri-

---

¹ Mathieu 1ᵉʳ résidait ordinairement à Châtenois.

² Fonds de l'Étanche. — *Archives des Vosges.*

vées saines et sauves jusqu'au dix-huitième siècle furent impitoyablement renversées (pas toutes cependant) et remplacées par des bâtisses sans caractère et sans dignité [1]. — Ces derniers mots, à notre avis, peuvent parfaitement s'appliquer à la partie de notre église reconstruite en 1761.

Les Dames de l'Etanche n'avaient aucun droit de juridiction sur les habitants de Landaville. Le Haut possédait déjà son château fort et le seigneur exerçait une autorité presque souveraine sur ses sujets. Il les commandait en temps de guerre et les jugeait en temps de paix. Il pouvait échanger ou vendre sa seigneurie avec les familles qui y étaient attachées.

Nos renseignements sur les plus anciens seigneurs de Landaville, se bornent à quelques noms ; les voici : En 1345, « Huguenin, signour de Landaville » figure comme témoin dans une reprise de fief faite par Henry de Deuilly, chevalier et Colin, son fils envers Monsieur Liébauz, seigneur de Boffromont, de la maison forte de Removille [2]..... — Des lettres de défi furent envoyées en 1409 aux Magistrats de la cité de Metz par un certain nombre de chevaliers, partisans de « Karlot de Duilley » alors en guerre avec cette ville. Nous y relevons entre autres, les noms suivants : *Bourdat de Landenville*, Jehan Oulry de Chatenoy (lettre du 18 juin 1409). — Thiebalt don Nuefchastel, *Pernet Gourdat de Landeville*, Garin don Nuefchastel, Morelat de Tilluef etc. (lettre du 12 juillet 1409)[3] . — En 1449, Jean d'Arberg,

---

[1] Digot. *Histoire de Lorraine.*

[2] *Documents rares ou inédits de l'histoire des Vosges.* — Tome 4ᵉ, publié par J. C. Chapellier et G. Gley.

[3] *Histoire générale de Metz*, par des Religieux Bénédictins de la Congrégation de St-Vannes (Metz. J. B. Collignon, 1769-1790. — 6 vol. in-4ᵉ.) Nous devons ce renseignement à l'obligeance de M. Aimé Schuster, ancien

consent à ce que son parent, Pierre de Ruppes, possède la baronnie de Beaufremont, à la réserve de la ville de Landeville[1]...... — René II donne, par lettres, en 1484, la garde de la place, chastel, terre et seigneürerie de Beffraumont à son chambellan et grand escuier Gérard d'Avillers — Landaville s'y trouve désigné.

L'extrait suivant, tiré d'un document publié au nom du Comité d'histoire vosgienne[2], va nous donner un aperçu de la situation de nos aïeux au xv° siècle. — Du 8 septembre 1498, dénombrement des terres et seigneuries de Monthureux-sur-Saône, Nonville, Belmont, Landaville, à cause de Deuilly, et du ban de Girancourt, que Nicolas du Châtelet tient au duché de Lorraine : « s'ensuyt la déclaration de la ville de Landeville située en duchie de Lorraine et dépendante de ma terre de Deully, à moi appartenant. Premier, en ycelle ville de Landeville a au présent environ vingtz masgnies d'hommes à moi appartenant qui me sont tallaubles (taillables) deux fois l'an, Pasques et Sainct Remy, et de condition servile sur lesquelz j'ay la haulte justice, moyenne et basse soul. Et en tout le ban, plain et finage, toultes haulteurs et toutes amendes, espaves, sordernes et confiscation contre mes cousins du Chastellet. Item, en ycelle ville soulloit avoir une forte maison laquelle est à ruyne au présent, où par darier et davant et en l'environ d'icelle il y

professeur de physique de l'Université de France, Conservateur de la bibliothèque de Metz. — M. Schuster a bien voulu nous adresser la copie de deux pages de cette histoire.

[1] *Essai historique sur Beaufremont,* par M. Chapellier. — 2° partie, page 151.

Faits contemporains. — Bataille de Bulgnéville (à 11 km. de Landaville), en 1431. René d'Anjou, duc de Bar, y fut battu et pris par Antoine de Vaudémont qui lui disputait la Lorraine. — *Supplice de Jeanne d'Arc.*

[2] Tome VII°.

a plusieurs gerdins portantz fruitz et serises, esquelles places
et gerdins j'ay la moitié contre mesdits cousins du Chastellet. Ytem en ycelle j'ay plusieurs crovvées de terre en trois
soysons que puellent monter environ soyxante et huit jours
de terre. Item, lesdits hommes me doient les crovvées de
charues trois foix l'an, tramoix, verserait et vvayin. Me
doient aussi les crovvées de la facile (faucille) quaitre foys,
deulx aux blefz et deux à l'avoinne. Item, me doient chas-
cungz ung char de blefz et avoinne, charger es crovvées et
mener en ma grainge ondit Landeville qu'est au présent à
ruyne. Item en ycelle ville y a certains hommes qui sont au
seigneur de Boffroymont qui doient crovvées de charues
comme font mes hommes dessusdits, ou j'ay la moitié contre
mes cousins du Chastellet. Et se doient encore chacung feuz
desdits hommes de Boffroymont ung bichet de blefz pour
leurs fours esquelz j'ay la moytié contre mesdits cousins au
terme de St. Martin, ainsi que mes hommes. Item, mesdits hommes me doient chascung an ung bichet de blefz pour
leurs fours, au terme de Sainct Martin. Item, en ycelle
ville j'ay ung prey appelé le Breu, qui contient environ six
falcies de prey, lequel mesdits hommes me doient la
crovvée de la falz, la crovvée de la forche et rateau et
mener en madicte grainge, ainsi que font des crovvées de
blefz et avoinne dessus déclarées. Item, en ladicte ville, j'ay
une vigne contenant environ deulz jours en laquelle me
doient lesdits mes hommes, deulz jours la crovvée, et je
leur doie le vivre. Item, me doient mesdits hommes et
autres qui tiennent héritages soulz moi, au terme de
Pasques, unzes gelines et après chascune dix œufz. Item,
me doient à la Sainct Martin, trente gelines et ung
chappon. Item me doient dozes porchois et demi ou dix

gros pour chascung porchois, lequel qu'il me plaît, au terme
de Noël. Item, me doient encore d'autres menues rentes
montant à six gros, au terme de Noël. Item, me sont encore
dehus sur les preis des fossés, quaitres onces de poyvre au
terme de Noël. Item, j'ay et m'appartiennent au ban et
finage de Landeville, plusieurs boix en plusieurs lieux, l'ung
appelé Forfit, le Radon, Moyemont, Fétaye, le Petit Val,
dessus la côte Henry, ainsi que se contiennent où j'ay la
moytié contre mesdits cousins du Chastellet. Item, me com-
pete et appartient la moytie de la collation de la chapelle
Nostre-Dame estant audit Landeville contre mesdits cousins dudit Chastellet. »

A la fin du XVᵉ siècle, il y avait donc encore à Landaville des hommes de « condition servile ». Il est vrai que
le régime féodal s'est maintenu plus longtemps en Lorraine
qu'ailleurs.

Ces serfs attachés à la glèbe, c'est-à-dire à la terre, ne
pouvaient ni léguer, ni vendre l'héritage qu'ils tenaient de
leurs parents. Il leur était défendu de sortir de la seigneurie
sans la permission du seigneur. Ils furent affranchis sans
doute plus tard ; mais les liens qui rattachèrent les nouveaux
affranchis à leurs anciens possesseurs n'en furent pas moins
étroits et souvent rigoureux ; car les chartes d'affranchis-
sement en donnant aux redevances féodales, naturellement
arbitraires précédemment, un caractère fixe et régulier,
laissèrent toujours au seigneur le droit d'exiger des services,
des corvées, des prestations, etc.

Avec les affranchissements, les anoblissements se multiplièrent. Par lettres du 15 janvier 1507, Mengin Gourdot, natif de Landaville, fut anobli par René II... « pour
les bons et loyaux services que ledit Mengin nous a faits

on temps de noz guerres et extrêmes nécessitez estant dedans nostre ville de Nancy avec autres nobles de noz pays à l'encontre des Bourguignons...[1] ». Déjà, en 1498, Jean Gourdot, aussi natif de Landaville, avait été anobli en considération de son mariage avec une *gentille femme* de la maison de Vignacourt [2].

La plus grande partie du territoire appartenait aux seigneurs du lieu, à différents nobles et à des communautés religieuses dont les principales étaient, en outre de l'abbaye de l'Etanche, l'ordre de Malte et les Augustines de Neufchâteau.

D'une reprise de fief du 27 août 1519, il appert que le comte de Chalant et dame Guillemette de Vergy tiennent un « fied de mon dit seigneur le duc au lieu de Landaville on duchie de Lorraine. » En 1560, « Jehan d'Anglure, commandeur de l'ordre de St Jehan de Jérusalem, commandeur de Robécourt... » donne à bail pour dix-neuf ans, à Nicolas L'abbé, natif de Grand, vingt-deux jours de terres labourables et quelques prés assis au finage de Landaville, qui sont pour la plupart en friche, avec une maison en ruine, moyennant trois francs barrois par an. La maison devra être réédifiée aux frais du fermier.

Un partage de la baronnie de Beaufremont, entre Joachim-Charles-Emmanuel de Tornielle et Gabriel-Ferdinand de Madruce, fait pour Landaville, le 9 janvier 1590, sur les rapports de Jean Barrois alors mayeur (maire) et de Bastien Bastien, dudit Landaville, experts choisis et assermentés pour ce travail, nous apprend que dix-neuf mai-

[1] Documents rares ou inédits de l'*Histoire des Vosges*. (M. Chapellier).

[2] Renseignement donné par M. Feunette, bibliothécaire de la ville de Neufchâteau. — Documents de l'*Histoire des Vosges*, tome VIIe.

sons, à Landaville, dépendaient à cette époque de la baronnie de Beaufremont. Chaque lot devait avoir le tiers des grosses dîmes faisant « la moitié des deux tiers appartenant d'ancienneté aux seigneurs de Boffromont, avec les redebvances et dépendances d'un tiers d'icelles et tout comme l'on a accoustumé les laisser. » Chaque seigneur avait un mayeur, un greffier et un sergent... « et debvra chacun mayeur pour la moitié du porc gras, dix-huit gros ou un franc six gros. »... « Au mayeur de chaque partage appartiendra la moitié de deux ensanges seises au finage de Landaville, à la saison de Barbaraze, lieu dit en Bersenaux. Item, la moitié d'une ensange à la saison de Cugny ....« Les deux ensanges de Ste-Gergogne demeureront en commun aux deux seigneurs, pour en lever les fruits par le mayeur de Ste-Gergogne, à charge de faire le debvoir et service ancien envers ledit seigneur [1] ».

Il y avait la rue du Fief ou de Boffromont. Les barons possédaient aussi des maisons dans la rue Genevelle et dans la rue Han-le-Duc, où devait se trouver leur grange aux dîmes.

———

Le XVIe siècle est une époque importante dans l'histoire : il vit la Renaissance, la Réforme, et malheureusement les guerres de religion qui en résultèrent ; mais la Lorraine eut alors moins à souffrir que la France [2].

C'est tout à la fin de ce siècle (1598) que le duc Charles III

[1] *Essai historique sur Beaufremont,* par M. Chapellier (2ᵉ partie).

[2] Il en avait été de même pendant la guerre de Cent ans et les guerres civiles.

Fait contemporain. 1645. Destruction de la ville de La Mothe.

ordonna qu'il y aurait dans tous les villages lorrains, une assemblée connue sous le nom de *plaid annal*.

Landaville, qui faisait à ce moment partie du baillage *de Vosge*, de la prévôté de Châtenois et Neufchâteau, eut donc son conseil, auquel tous les habitants étaient appelés.

Voici, sur les plaids annaux, des renseignements puisés dans différents ouvrages, notamment dans les papiers de la haute justice et dans les comptes des anciens syndics de Landaville qui, en 1738, remplacèrent les maires et les gens de justice dans la gestion des biens communaux.

A la sortie de la messe paroissiale (en décembre ou en janvier), le sergent de la haute justice convoquait les habitants pour le dimanche suivant.

La réunion qui avait lieu sur la place publique (auprès de l'église ou devant le château) était présidée par les officiers du seigneur auxquels appartenait tout esprit d'initiative.

On donnait lecture des recettes et des dépenses faites pour la communauté pendant l'année, puis on procédait à la nomination des maire, bangards, gardes forestiers. — Le syndic qui remplissait le rôle de comptable et représentait en quelque sorte le pouvoir exécutif et les asseyeurs chargés de répartir et de percevoir l'impôt étaient également choisis dans une assemblée générale des habitants ; mais ils devaient être agréés ensuite par les représentants de l'administration centrale.

Tous ces élus prêtaient serment devant le juge garde du seigneur, assisté du procureur d'office. Le greffier de la haute justice enregistrait ces nominations.

On taxait les amendes encourues dont une part devait revenir à la communauté ainsi qu'au maire qui, la plupart du temps, statuait seul. En octobre 1723, il condamne à cinq francs d'amende des personnes qui ne se sont pas trouvées devant le château de M. le comte de Taxis « pour aller à la chasse ou pour traquer » conformément à son commandement [1].

La séance se terminait par l'énumération des droits, cens, rentes, redevances, etc.

Au surplus, voici sur les plaids annaux, un procès verbal que nous copions *textuellement* dans un registre de la haute justice de Landaville :

« Cejourd'huy septième janvier 1740 par devant nous
« Charles Moinel avocat à la cour juge garde... pour
« les empêchements du sieur Robert, juge ordinaire audit
« Landaville pour haute et puissante Dame dame Elisabeth
« Charlotte née comtesse de Ligniville, douairaire de feu
« haut et puissant seigneur messire Jean-Jacques comte de
« Taxis, dame pour les trois quarts sur la totalité des ban et
« finage dudit Landaville et sur la généralité des habitants
« dudit lieu à la réserve de cinq maisons du fief de Beaufre-
« mont, est comparu Claude-Félix Thiébaut, bachelier en
« droit, avocat à Beaufremont, procureur d'office dudit lieu,
« lequel nous a remontré qu'il avait à la manière ordinaire
« et accoutumé fait convoquer amiablement aujourd'huy
« tous les habitants et communauté de Landaville, pour
« être présents et voir procéder à la tenue des plaids annaux
« suivant la manière ordinaire et accoutumée, sommé inter-
« pellé à cet effet tous les sujets dudit Landaville de s'y
« trouver à peine de cinq francs d'amende... contre ceux
« qui n'y assisteront pas ou qui n'auront aucune excuse
« légitime, procéder ensuite à la vérification du compte du
« maire et du sindic sortants, echaque (taxe) des amendes,

____
[1] *Archives des Vosges.* — Registres des Hautes Justices.

« et après que par le maire sortant il a été remis en nos
« mains une liste des habitants des trois classes haute,
« moyenne et basse pour en être par nous au nom de ma
« dite dame on de Jean Vuillemin son admoniateur auquel
« elle a cédé ses droits, choisi un pour faire les fonctions
« de maire pour une année a commencer dès cejourd'huy,
« nous avons en conséquence créé et nommé la personne de
« Thomas Ringue lequel a choisi pour son lieutenant Claude
« Billet et tous les deux ensemble ont nommé pour échevin
« Antoine Gérard et pour sergent continué Claude Thiébaut
« duquel comme des autres cy devant nommés nous avons
« pris et reçu le serment au cas requis avec injonction à
« eux faitte chacun au droit de soy de s'acquitter fidelle-
« ment des fonctions attachées à leur employ sous les peines
« de droit de tout quoy nous avons dressé le présent procès
« verbal sous les seings et marques desdits dénommés,
« celui du procureur fiscal, le notre et celuy de notre gref-
« fier ordinaire les an et jour avant dits. — Signé : Moinel,
« Thiébaut, C. Thiébaut, Thomas Ringue, Claude Billet,
« A. Gérard, F. Thiébaut (greffier). »

« et à l'instant ledit procureur d'office suppléant au cas
« présent les fonctions de celuy de Messieurs les comte et
« dame baronne d'Allençon seigneurs pour un quart en la
« haute justice dudit Landaville nous a remontré qu'il est
« interressant pour la conservation tant des fruits champê-
« tres que des bois communaux et même ceux de ma ditte
« dame d'établir des bangards et forestiers, à quoy incli-
« nant, lesdits maire lieutenant et échevin à la........
« de la communauté et de son consentement nous avons
« nommé Mamet Charnot pour bangard à Landaville le haut
« et Nicolas Collenet (ou Collenot) pour bangard à Landaville

« le bas, et pour forestiers Jean Thirion le jeune laboureur
« et Hyacinthe Narcy lesquels ont accepté laditte charge et
« ont promis de fidellement en faire les fonctions et ont
« prêté serment au cas requis, etc... »

Déjà, depuis longtemps, les hauts justiciers ne rendaient
plus la justice par eux-mêmes ; ils se reposaient de ce soin
sur des *Conseillers;* en 1562, c'est Jehan du Haultoy qui
est conseiller de Landaville pour les barons de Beaufremont.
— Plus tard, ils eurent des juges qui devaient d'abord être
admis en cette qualité par l'autorité supérieure. Les juges
seigneuriaux ne jugeaient que certaines causes qui, aujour-
d'hui, d'après ce que nous avons vu, seraient la plupart
du temps de la compétence de nos juges de paix. Le droit
de haute justice du seigneur n'existait plus en réalité, et
au XVIIIe siècle les fourches patibulaires marquaient plutôt
la puissance des ancêtres du baron que la sienne propre.

Le procureur d'office était le tuteur des intérêts particuliers et généraux des habitants. Aux plaids annaux de 1720,
Joseph Robert, procureur, demande que le greffier de la
haute justice soit condamné à 50 francs d'amende parce qu'il
n'a représenté aucun registre en forme pour les *mésus* commis; « mais seulement des mauvaises feuilles vollantes,
sans dattes reiglées, d'un ordre interverty. »

Le maire et l'échevin instruisaient et jugeaient, en première instance, dans quelques cas prévus. — Ils taxaient le
vin des cabaretiers. — Les maires (un pour chaque fief)
faisaient exécuter les ordres du maître, veillaient à l'appli-
cation des règlements de police et dirigeaient les assemblées
générales des habitants. Les pauliers, nommés par les seigneurs, étaient chargés de lever les dîmes. Ces indications

se trouveront complétées, dans la suite, par les différents documents que nous relaterons.

Le curé exerçait aussi, à Landaville, une partie du pouvoir judiciaire. Ses droits et prérogatives sont consignés dans un extrait de l'ancien pouillé de Toul, qui est aux archives de la mairie. La même pièce renferme deux extraits : le premier « du polium », le second de « l'ancien polium » de l'évêché. C'est ce dernier que nous rapportons d'abord ; l'autre viendra à sa date.

« EXTRAIT DE L'ANCIEN POLIUM DE L'EVESCHÉ DE TOUL. »

« L'église paroissiale de Landaville est dédiée à saint
« Martin. Le curé prend le tiers des grosses dixmes de ce
« lieu qui peut valoir trente-cinq paires. Il a aussi toutes les
« menuës, agneaux, laine, vin, chanvre, cochons, navettes,
« fruits, poix ; on a ajouté en marge : « lentilles, poulets,
« oizons et cannons à l'onzième et dindons.— Signé : Dur-
« bamont. » Il a encore une vigne d'un jour et demy, des
« preys pour trois chars de foin, un jardin et meix auprès
« de sa maison presbitérale et une petite chenevière.

« Les deux tiers des grosses dixmes sont au seigneur de
« Baffremont. En cette église il y a une chapelle sous le
« titre de St Jacque et St Christophe avec trente francs
« de revenu par an.

« Le curé a de tout temps le pouvoir de mener au jour de
« saint George douze hommes des principaux du lieu par
« les confins du village, assisté du mayeur des seigneurs de
« Removille et de Coussey, pour connaître les abus et mésus
« commis sur les chemins et finage et y mettre bornes, et
« reçoit leur serment à cet effet, faict convoquer la Commu-
« nauté pour vuider les procès jusqu'à duplique, triplique,

« quadruplique et lettres d'addition, et ayant donné son
« opinion devant l'église avec la Commune, l'appel va à
« Chastenoy et à Nancy. Quant aux causes criminelles il
« n'en a aucune connoissance et après la sentence donnée
« les parties doivent six gros au curé et trois gros à son
« eschevin qui les adjourne. »

Le curé recevait les serments des pâtres qui n'étaient jus-
ticiables que devant lui en cas de perte de bétail. Il faisait
ajuster les mesures par son échevin et partageait les « bois
communs ». Il avait les franches dîmes.

« Cette déclaration a été donnée par M. Hacourt (?) curé
« de Landaville. Le sieur Claude Tarteron curé en 1653
« pourvu par concours a confirmé ce que dessus, adjoutant
« que la chapelle soub le titre de St Jean-Baptiste et de
« St Christophe est du patronage de M. de Bassompierre[1].

« Entre Landaville haut et Landaville bas il y a une cha-
« pelle soub l'invocation de Nostre Dame, chargée de deux
« messes par semaine et à présent ne s'en disent que douze
« par an par le sieur Jacob Viriot curé d'Oileville (Oëlle-
« ville) qui la possède avec une portion de dixmes, quelques
« terres et preys.

« Le curé paye pour les droits de l'Evesque trente-deux
« gros douze deniers.

« Cette cure..... au mois d'octobre 1633 a esté donnée
« par concours au sieur Pierre Contal.

---

[1] M. Louis Edme nous a remis un extrait de deux actes, l'un de 1613, l'autre
de 1534, qui ont tous deux le même objet. Il s'agit de la fondation de la
chapelle « Monsieur St Jean-Baptiste et St Cristophe » érigée en l'église
de Landaville, par Jean Poirot, curé de Landaville et de Certilleux, comme
exécuteur testamentaire de feu Jean Bogard, de son vivant curé dudit
Landaville. Le premier acte fut passé à Neufchâteau, le second à Autigny-
la-Tour.

« Collationné à l'original par moy protonotaire du Saint-
« Siège apostolique à Toul le 12 août 1678. — Signé.....
« du Saussay, avec paraphe..... »

Malgré le cadre restreint dans lequel nous devons nous renfermer, il nous est impossible de passer sous silence la période la plus triste et la plus lamentable de l'histoire de Lorraine. Nous voulons parler de la guerre de Trente ans qui fut, pour cette province, la source des plus grandes calamités.

Bien que n'ayant pas à retracer l'histoire de ce temps, nous devons néanmoins rappeler que le duc Charles IV s'étant mis contre la France, la Lorraine fut occupée par les Français et envahie ensuite par leurs alliés, les Suédois. Les ducs furent même dépossédés plus tard, notamment de 1661 à 1697.

Les Suédois ont laissé un nom abhorré dans nos campagnes. Ils accumulèrent meurtres sur meurtres; partout on ne voyait qu'incendies, massacres et pillages. Des villages entiers furent détruits. Une grande partie de la population mourut de faim.

Jamais peut-être, en aucun moment, cette partie de notre France n'a tant souffert ; et pourtant que d'invasions n'a-t-elle pas vues, depuis les temps les plus reculés de notre histoire jusqu'aujourd'hui !

En 1650, la misère et la dévastation étaient arrivées à leur comble. Le château de Beaufremont, dont les fortifications avaient été en partie démolies en 1636, servit de refuge à plusieurs habitants de Landaville, parmi lesquels on peut citer : Jean Morel, dont le fils Hubert fut baptisé à Beaufremont le 10 février 1650, Jean Dumont de Saint-Diez et son épouse de Landaville, la famille Mengin Bertrand [1].

Pendant l'occupation française, Landaville, au point de vue judiciaire, relevait du présidial de Toul et du parlement de Metz. Une sentence de ce parlement, « séant à Toul, » en date du 6 novembre 1658, rendue contre Charles de Tornielle, comte de Brionne, dame Charlotte de Madruche et Claude Tarteron, curé de Landaville, au profit de Henri d'Anglure de Bourlémont, chevalier de Malte, commandeur de Robécourt et de Nourrois, décide que le gagnage de Landaville, appartenant à l'ordre de Malte, est exempt de toutes dîmes « sans distinguer les inféodées des ecclésiastiques [2]. »

En 1667, Lazare de Chalus, seigneur de Mandres, possédait la vingtième partie de la seigneurie de Landaville.

Selon le rôle dressé le 2 octobre 1669, pour le paiement de « l'ayde ordinaire St-Remy », sont exempts : M. le marquis de Bassompierre, seigneur haut justicier de Landaville; « les comtes barons de Boiffraumont » possédant les deux tiers des grosses dîmes; M. Perrin, médecin à Nancy, à cause d'acquêts, seigneur dans la haute justice sur ses sujets; MM. de Ferriet et Challup (?) ayant un douzième de la part de seigneurie dudit Bassompierre; M. Jean Rousselot, curé.

---

[1] *Essai historique sur Beaufremont*, par M. Chapellier (2ᵉ partie).

[2] *Archives des Vosges*. Commanderie de Robécourt. Carton H. 149.

Fait contemporain : En 1665, les pommes de terre furent introduites dans les Vosges; on les cultiva d'abord dans la vallée de Celles; mais longtemps elles ne furent employées qu'à la nourriture des animaux.

Dans un vieux registre de l'état civil, bien mal écrit, en très mauvais état et renfermant avec certaines constatations, que nous relaterons à leur place, des actes inscrits sans ordre et la plupart sans signature, nous relevons ce qui suit :

« Gabrielle Fleuriot, fille du sieur Cl. Fleuriot et de Marie Filassier (?) fut baptisée le 25 apvril 1673. Son parrain, M. de Ximènes, seigneur de Landaville et colonel du Rossillon, et damoiselle honorable Gabrielle de Lavallée, sa marraine. »

16 décembre 1675. — Mariage de Jean Mégrot (?) et Barbe-Christine Vannarbourg... de Tongres, évesché de Liège. — Monsieur Fossy, intendant de M. le colonel de Ximènes et sa femme remplacent les parents de la mariée. François Papillon, « chirurgien de Landaville » et Jean Toussaint, « maistre d'escholle » signent comme témoins.

— Des « aveux et dénombrements des biens de l'abbaye de l'Etanche », en date du 30 avril 1682, il résulte que « le fief de Landaville consiste en 300 jours de terres, huit fauchées de prés avec un chariot de foin à volonté sur un pré, lieu dit en Fosse. Une rente sur plusieurs héritages montant à seize sols. Ledit fief avec les droits et privilèges auxquels le possédait le duc Mathieu [1]. »

Maintenant voici l'extrait « du polium » de Toul, que nous signalons page 33 :

« *Evesché de Toul. Archidiaconé de Vitel. Doyenné de Chastenois.* »

« Landaville soub l'Invocation de l'Assomption. »
« Le bénéfice de Landaville est séculier. Le sieur curé

[1] *Archives des Vosges.* Fonds de l'Etanche.

« s'appelle Jean-Charles Mesgnien, aagé d'environ trente
« huict ans, il est enfant de Mirecour.

« Il a le tiers dans les grosses dîmes lesquelles avec les
« (chanvres) qui font partie des menuës dixmes sont esti-
« mées cinq cent frans monnoye de Lorraine cette pré-
« sente année ; et la totalité des menuës dixmes lesquelles
« années courantes vallent cent cinquante frans et plus.

« Il y a environ quinze obits chacun obit [1] un fran.

« La fabrique a cinq jours de terres aux trois saisons, ce
« qui rapporte trois bichets et un imal et autant d'avoine
« mesure de Nancy et quatre pièces de preys, contenant
« environ deux fauchées, le ruisseau d'un costé et les terres
« des trépassés d'autre, estimés et affermés trente-cinq
« frans barrois.

« Le sieur curé fournit les bestes masles et pour cette
« charge il jouyt de deux preys contenant une fauchée et
« demye ou environ. Le sieur baron de Vrécourt d'une part
« et les bois d'autre.

« Le collateur [2] est M. l'abbé de Gorze (Abbaye de Gorze
« près de Metz). Les seigneurs décimateurs sont les sei-
« gneurs barons de Bauffremont pour les deux tiers des
« grosses dixmes estimées et affermées sept cent qua-
« rante frans.

« Il y a une chapelle en l'église de Landaville soub l'in-
« vocation de St Jean Baptiste et de St Christophe dout le
« chapelain est le sieur Varin, prêtre chanoine de Bar-le-
« Duc, qui est chargé d'une messe par semaine, et une autre
« chapelle entre les deux villages soub l'invocation de
« Nostre Dame, dont est pourvu le sieur Coupar, aumosnier

---

[1] *Obit*, service fondé pour le repos de l'âme d'un mort.

[2] Collateur, celui qui avait le droit de conférer un bénéfice, une cure.

« des gardes suisses du Roy, et cette chapelle est chargée
« de deux messes par semaine. La première a pour revenu
« soixante-deux frans barrois et la seconde cent seize frans
« mêsme monnoye, lesquelles sommes se prennent sur deux
« gagnages comme ils se contiennent et une portion de
« dixmes que Humbert du Han tient par admodiation [2]
« depuis cinq ans...

« Le patron de ces chapelles est Monsieur de Xymène.

« Les réfections de l'église se font suyvant l'usage.

« Les paroissiens fournissent les vases sacrés, les livres
« d'églises et les ornements d'autel.

« Il y a à Landaville cinquante paroissiens laboureurs,
« vignerons et manouvriers assez pauvres à cause de leurs
« grandes charges.

« Le seigneur haut justicier est **M.** de Xymène, colonel
« et mareschal de camp au régiment royal Roussillon pour
« le service du roy. Les habitants de Landaville sont de la
« justice du présidial de Toul, du parlement de Metz, de
« l'intendance et gouvernement de Nancy, de l'officialité de
« Toul et de l'archidiaconé de Vitel.

« Les sieurs curé et paroissiens de Landaville ont pour
« tout titre concernant leur église un extrait de l'ancien
« *polium* de Toul. Lesieur curé a de plus une chenevière
« d'un quart et plus, au long de l'église, le grand chemin
« dessus et dessoub et le cimetière d'autre. Et une vigne
« contenant environ deux jours lieu dit en Nobescoste,
« Thiery du Han de Landaville, d'une part et la muraille
« d'autre.

« Le tout cy dessus et d'autre part a esté faict, passé et
« signé par les sieurs Mayeur et gens de justice de Landa-

[2] Admodier, affermer pour tant de boisseaux ou à tant le boisseau.

« ville, le sieur curé pour lors absent, lesquels ont affirmé
« estre véritable en présence du sieur Claude Cauchon,
« curé de Vouxey, doyen de Chastenoy, du sieur César
« Masselin, curé de Viaucourt et promoteur au doyenné,
« du sieur Richard Aubert, curé de Bauffremont, de Claude
« Biquet, jeune homme demeurant à Vouxey, de Jean
« Hyardin, régent des escolles de Landaville le seizième
« octobre mil six cent quatre-vingt-neuf. Signé : Humbert
« du Han, C. R, Claude Mulot, Claude Barrois, C. Biquet,
« J. Hyardin, R. Aubert, C. Masselin et C. Cauchon avec
« paraphe. »

A ces renseignements concernant les droits du curé,
ajoutons les suivants qui sont tirés des différentes pièces
que nous avons analysées et, notamment, de « l'état des titres
et papiers des cure et fabrique de Landaville, suivant l'in-
ventaire fait au décès de M. Cacheux, curé dudit lieu, le
23 avril 1772. »

M. Mesgnien, curé, intenta des poursuites contre l'admoniateur du seigneur (Thomas Piérot) qui refusait de lui
payer la dîme d'agneaux et de porcs. Autre poursuite contre
un vigneron qui ne voulait pas payer la dîme « du restant de
raisin. »

Sentence du présidial de Toul, (18 janvier 1691) « en
faveur du curé contre le fermier des pressoirs, par laquelle
la restitution a été ordonnée au premier de ses marcs de
raisin avec défense au second de les prendre à l'avenir. »

Acte S. S. P. du 4 septembre 1691, en vertu duquel
les paroissiens doivent un écu pour la fourniture du pain
du Saint-Sacrifice.

Une sentence du 21 juin 1712 rendue au siège du bailliage de Neufchâteau, maintient le curé dans la possession du droit de vendanger un jour avant les habitants.

Entre autres droits du seigneur de Landaville, en voici un qui nous est révélé par un document en date du 4 décembre 1693 [1]:

« Joseph de Xymainez, marquis de Proisy Brullet et autre lieu, seigneur de Landaville, coronel lieutenant au régiment royal de Roussillon infanterie, commandant sur la Sambre et Meuze et dans toute la province de Hayneaux et gouverneur de Maubeuge etc. » réclame un cens qui lui est dû par chaque jour de terre labourable, vulgairement appelé *pourchot* et pouvant produire annuellement trente-quatre francs et quelques gros. Les terres de montagne et celles qui dépendent de Beaufremont sont *seules* exemptées de ce droit. Dans le mois à partir de la publication des présentes qui aura lieu au prône de la messe paroissiale et dont copie sera affichée au portail de l'église « nos subjets et résidants audit Landaville qui ont et possèdent héritage... subjets audit droit de *pourchot* en feront la déclaration es mains de M. Marius, notaire royal... »

A la fin du XVIIe siècle, la misère était toujours grande dans nos villages.

Un « mémoire pour implorer de son Altesse quelque soulagement pour les habitants de Landaville », inscrit sans date dans le vieux registre de l'état civil dont nous avons parlé, mais qui est certainement de ce temps, mentionne d'après ce que nous pouvons lire :

« 1° Il est à remonstrer qu'ils sont en nécessité d'avoir
« une cloche, laquelle a esté fendue en sonnant pendant la
« quarantaine de S. A. Monseigneur le duc François et n'y

---

[1] *Archives des Vosges.* — Carton H. 126.

« avait que cinq ou six ans qu'ils ont eu beaucoup de peine
« pour l'acheter avec tous les calamités et bruits de guerre.

 « 2° Que depuis dix ans leurs vignes ont toujours été
« gellées...... et que les grains ont manqué et n'y a que
« deux laboureurs dans le village qui puissent en acheter...
 « et le reste sont tous laboureurs n'ayant moyen d'avoir
« grains pour subsister leurs pauvres familles.... »
(Ecriture de M. Rousselot, curé).

Le traité de Ryswick (1697) rendit la Lorraine et le Barrois à Léopold, fils de Charles V. En 1698, les deux duchés
furent divisés en dix-sept arrondissements dans chacun
desquels on établit un bailliage et en général plusieurs
prévôtés.

Landaville fit partie du bailliage de Neufchâteau et de la
prévôté de Châtenois.

Du 12 mars 1700. — Foi et hommage faits au duc Léopold pour la terre et seigneurie de Landaville, en haute,
moyenne et basse justice, au nom de Messire Joseph de
Ximenes, seigneur de Landaville, lieutenant général des
armées du Roi T. C., colonel du Régiment Royal Roussillon
infanterie, gouverneur de Maubeuge [1].

Puisque, dans notre travail, nous suivons autant que possible l'ordre chronologique, voici, nous concernant, ce que
contient le « Pouillié ecclésiastique et civil du diocèse de
Toul », publié en 1711 par le père Picard (F. Benoist de
Toul, capucin de Lorraine.)

« Landaville. *Landavilla*. P. Assomption de Notre-Dame.
Patron, l'abbé de Gorze. Concours. décimat. le curé prend
le tiers de la grosse dîme et toute la menuë, les seigneurs de

---

[1] *Archives de Lorraine*. Trésor des Chartes. Renseignement donné par
M. H. Lepage.

Beaufremont prennent les deux autres tiers. Le bouvrot est de deux jours de vignes, quelques prés et jardins avec une chenevière. Le curé a droit de connaître des abus qui se commettent sur les grands chemins, il prend les franches dîmes, il a droit sur les mesures, sur les procès civils, et de partager les biens de la communauté. Le village a deux hameaux qu'ils appellent Landaville le haut où est l'église et Landaville le bas où est le château, seigneur **M.** de Ximène......»

En 1710, d'après la *Statistique du département*, Landaville comptait 93 habitants (chefs de famille) et 44 garçons. Louis-Robert Aubéry de Ponthieu, époux de dame Charlotte des Houste (?), était alors seigneur de Landaville. Il signe comme témoin dans un acte de mariage du 7 janvier 1710.

Il mourut le 18 mai 1713 et fut inhumé sous le clocher de l'église.

A cette époque, les seigneurs de Coussey possédaient aussi des propriétés à Landaville.

Le successeur de **M.** de Ponthieu fut Jean-Jacques, chevalier, comte de Taxis et du St-Empire, chambellan du duc Léopold. Le 26 mars 1715, il prêta foi et hommage pour la terre et seigneurie de Landaville à lui appartenant en haute, moyenne et basse justices, suivant le contrat de cession à lui passé le 28 décembre 1714. M. le comte de Taxis appartenait à la famille Latour et Taxis qui existe encore et qui est bien connue en Autriche et en Bavière. Il s'établit en Lorraine à la restauration du duc Léopold en 1697, fut chambellan de ce prince et figura en cette qualité à sa pompe funèbre (1729). Il avait épousé le 2 mai 1713, Elisabeth-Charlotte de Lignéville, comtesse du St-Empire. Les Ligniville (ou Lignéville) étaient de la plus haute noblesse. Ils figuraient au nombre des grands chevaux (grands chevaliers) de Lorraine.

Le 19 août 1719, il leur naquit, dans cette paroisse, une fille (Elisabeth-Charlotte) qui eut pour parrain Melchior, comte de Ligniville, maréchal de Lorraine, seigneur de Houécourt, pour marraine dame Antoinette-Marguerite de Bouzey, son épouse. « Pour et au nom de haut et très puissant prince Monseigneur le prince Charles de Lorraine, fils de S. A. R. Léopold Ier, duc de Lorraine et de très haute et très puissante princesse S. A. R. Madame Elisabeth de Bourbon. — Signé : Melchior de Ligniville, A. M. de Bouzey Ligniville, Bigeon, curé de Landaville. »

D'après une déclaration du 19 novembre 1720, faite par les maire et gens de justice de Landaville « ayant reçu les ordonnances de S. A. R. envoyées de la part du sieur procureur général au bailliage de Neufchâteau », M. le comte de Taxis, était seigneur haut justicier, moyen et bas, il prenait le tiers des grosses dîmes ; MM. d'Alençon [1], barons de Bofremont avaient l'autre tiers. Au curé appartenait le dernier tiers des grosses dîmes et la généralité des menues, ainsi que les revenus de la chapelle Notre-Dame valant cinq paires, plus un petit droit de dîmes sur le finage.

Le sieur Fremy de *Bulgny* possédait les biens de la chapelle St-Jean et St-Christophe rapportant cinq paires et demie de résaux. Le gagnage de l'Ordre de Malte, était loué cinquante livres tournois. Certifié par Elophe Bichon et Nicolas Jacquot.

Le souvenir du comte et de la comtesse de Taxis s'est conservé jusqu'aujourd'hui à Landaville.

1 La famille d'Alençon avait acquis, en 1675, de la maison de Lenoncourt, la moitié du château et de la baronnie de Beaufremont.

Leurs noms, ainsi que ceux de quelques personnages qui fréquentaient alors le château, figurent dans plusieurs actes de baptême de l'époque.

Nous relevons les suivants :

Marie-Thérèse, fille de Louis Génin et de Thérèse Masseaux, née le 12 octobre 1719, eut pour parrain Joseph L'abbé, l'un des chevau-légers de la garde de S. A. R., et pour marraine dame Marie de Landrian, épouse du seigneur de Hagnéville.

Charles-Louis, fils de Henry Larminaux et de Catherine Fort, né le 22 août 1723, eut pour parrain, Pierre-Louis, comte de Ligniville, et pour marraine Elisabeth-Charlotte, comtesse de Taxis, fille de M. le comte de Taxis. Sa mère a signé pour elle.

Du 6 novembre 1723. — Jean, fils de Claude Billet et de Marie Flament a eu pour parrain Jean, baron de Potés (?), lieutenant au régiment d'infanterie de Bourbon et pour marraine Elisabeth-Charlotte, comtesse de Taxis, née comtesse de Ligniville.

Du 20 août 1724. — Dominique-Charles, fils légitime de Jean Martin et de Barbe Délin, a eu pour parrain Dominique de Massey, capitaine pour le service de Sa Majesté T. C., chevalier de St-Louis, et pour marraine Elisabeth-Charlotte de Ligniville, comtesse de Taxis, dame de ce lieu.

Le comte de Taxis mourut le 30 août 1737, à l'âge de 55 ans environ ; il fut inhumé dans l'ancienne église. Le 28 septembre 1762, son corps fut exhumé, transféré dans la nef de l'église actuelle et placé dans un cercueil de pierre « sous la première tombe qui est en haut de la grande allée de la nef de notre dite église, laquelle tombe tient à la marche du sanctuaire [1]. » Après la mort de son mari, Madame de Taxis séjourna encore quelque temps à Landaville, puis elle alla demeurer à Neufchâteau. Elle eut un « gouverneur » dans la seigneurie; c'est ce que nous apprend l'acte de baptême suivant :

« Charles-Alexandre, fils légitime de François Thirion et de Anne Barrois, ses père et mère, est né le 15 mars 1739 et a été baptisé le même jour ; il a eu pour parrain le sieur Jean Dépotés, gouverneur à Mme de Taxis et pour marraine Elisabeth-Charlotte de Taxis. »

Le 30 décembre 1739, Louis de Barbarat, chevalier, seigneur de Bazoilles et autres lieux, ancien conseiller d'État de S. A. R. monseigneur le duc de Lorraine, résidant en son hôtel à Nancy, acheta la terre et seigneurie de Landaville haut et bas, consistant en haute, moyenne et basse justices, fief, château, droits, rentes seigneuriales, dîmes, lots et ventes et tous autres droits, terres, prés, bois et héritages. La vente fut faite par Madame de Taxis, tant en son nom qu'en qualité de mère, tutrice et gardienne noble de messires Dominique-Charles-François et Léopold de Taxis, ses fils, demoiselles Elisabeth-Charlotte et Marie-Sophie de Taxis, ses filles, tous mineurs, à l'assistance et du consentement de Louis-Pierre, comte de Lignéville, chevalier, seigneur de Buligny, en qualité de curateur et exécuteur du testament dudit feu comte de Taxis, pour le prix de cent trente-cinq mille livres tournois. Une somme de dix mille livres fut réservée pour garantie d'une rente annuelle et viagère de cinq cents livres due à Mme la comtesse de Ponthieu et affectée sur ladite terre [2].

[1] Voir l'acte inscrit *sous cette date*, dans le registre de 1765.

[2] *Archives des Vosges*. Haute justice de Landaville.

Le 7 mars 1740, Jean-Claude Pellier, procureur d'office,
représentant M. de Barbarat, fut mis en possession de la
seigneurie par Mᵉ Joseph-François Hennequin, tabellion
général, résidant à Neufchâteau, en présence de Simon
Didelot, marchand à Tilleux, de Nicolas Jacquot, marchand
à Aulnois, des syndic, maire, habitants, greffier et sergent
de la justice du lieu, assemblés au château « sis à Landaville le bas. »

Après lecture donnée du contrat, le sieur Pellier « a esté
« par ledit tabellion mis et institué en la vraye, réelle et
« actuelle possession dudit château, terres et seigneurie
« dudit Landaville par la délivrance des clefs des portes et
« entrées du meme chateau, puis transporté dans une des
« chambres du donjon d'iceluy y aurait fait éteindre et
« ralumer le feu sous la cheminée, fermer et ouvrir les
« portes de meme que de celles de plusieurs autres appar-
« tements et de suite conduit dans le jardin et parterre au
« devant dudit chateau dépendant d'iceluy ou ledit tabel-
« lion aurait pris une motte de terre d'iceluy et l'aurait
« mise en main dudit sieur Pellier en présence des memes
« tesmoins et habitans pour réaliser ladite prise de posses-
« sion... après quoy ledit sieur Pellier avec ledit tabellion
« estant rentrés audit chateau, le même tabellion aurait
« déclaré... que par toutes ces ceremonies, il mettait
« ledit seigneur de Barbarat en la personne dudit sieur
« Pellier, son proʳ fondé en la vraye reelle et actuelle
« possession dudit chateau, terres et seigneurie, haute,
« moyenne et basses justices leurs appartenances et dépen-
« dances... après quoy ledit sieur Pellier audit nom a
« déclaré publiquement qu'il revocquait et destituait lesdits
« maire, greffier, sergent, forestiers et autres officiers, qu'il

« revocquait aussi les sieurs juge et procureur d'office cy
« devant estably par madite dame la comtesse de Taxis et
« aurait en leur place estably pour juge garde M. de Braux
« avocat à la cour pour en faire les fonctions jusqu'au bon
« plaisir dudit seigneur de Barbarat... et déclaré que luy
« sieur Pellier ferait les fonctions de procureur d'office...
« Et sur le bon rapport qui a esté fait de la fidélité et pro-
« bité de Thomas Ringue maire actuel, de Félix Thiébaut
« greffier, de Claude Thiébaut sergent, de Claude Colnet
« lieutenant et d'Antoine Gérard échevin, ledit sieur Pel-
« lier les a retably aux memes charges et offices pour les
« exercer des à present et à l'avenir au nom du meme sei-
« gneur et jusqu'à son bon plaisir à l'effet de quoy ils ont
« presté serment.... »

Une semblable cérémonie avait eu lieu précédemment, le
19 janvier 1740.

Madame la comtesse de Taxis, en exécution des édits du
roi Stanislas et du duc de Lorraine, son prédécesseur, et en
vertu d'un contrat qui lui rétrocédait le gagnage de
Robert de Châtenoy, en prit possession par M⁰ Thiébaut,
prévôt de Beaufremont, son représentant. Celui-ci s'étant
transporté sur un terrain appelé le *Grand Jardin,* dépendant dudit gagnage, Claude Thiébaut, sergent, lui remit une
motte de terre en présence des témoins requis.

Voici, sur Monsieur de Barbarat, des renseignements
extraits du *Nobiliaire de Lorraine :*

« Louis Barbarat, Français d'origine, fermier général
des domaines des duchés de Lorraine et de Bar, fut anobli
par lettres données à Lunéville le 17 septembre 1704 contenant : « qu'après avoir servi plusieurs années tant en
qualité de receveur que de directeur des salines de Lor-

raine, il se serait appliqué avec tant de soin et d'exactitude
à la connaissance desdits domaines, que, par un effet de son
zèle et de son attachement, il aurait donné lieu à les aug-
menter considérablement, etc. » Porte d'azur, au chevron
d'or, accompagné en chef de deux étoiles d'argent et d'une
merlette d'or en pointe, et pour cimier un lion naissant d'or,
armé et lampassé de gueules, tenant une palme d'argent.
Mort le 1er mars 1746. Il avait épousé Catherine Protin, fille
de Paul Protin, conseiller d'État de S. A. R., maître des
requêtes de son hôtel, seigneur de Vulmont, etc., et de
Catherine Anthoine dont il eut un fils qui suit : Claude-
Georges de Barbarat de Mazirot, seigneur de ce lieu, président au parlement de Metz, mourut à Plombières le 10 novembre 1747. Il avait épousé Agate-Roze de Ponse dont il
a eu : 1° Charles-Antoine-François de Barbarat de Mazirot;
2° Marie-Anne-Gabrielle-Roze de Barbarat de Mazirot,
épouse de Charles-Antoine-Nicolas, comte de Rheims;
3° Marie-Thérèse-Françoise-Charlotte de Barbarat de Mazirot, épouse de Nicolas-François le Preud'homme, comte
de Fontenoy de Châtenoy ; 4°, un fils mort jeune. »

A propos de Robert *de Chastenoy* dont il a été question
plus haut, le *Nobiliaire* contient aussi, sur ce nom, quelques notes que nous transcrivons en partie :

Chastenoy (Jean de), secrétaire du roi René, fut
anobli en 1473. Porte d'azur, à la croix ancrée d'argent...
Robert de Chastenoy, 2me du nom, procureur général *des
Vôges*, épousa, en 1516, Claude Raru dont il eut Robert,
3me du nom, seigneur de Mandres-sur-Vair et de Landa-

Fait contemporain : 1738, traité de Vienne qui donne la Lorraine à
Stanislas, roi détrôné de Pologne, avec reversibilité à la France, et la Tos-
cane à François III, duc de Lorraine, époux de Marie-Thérèse.

ville. Son fils, Robert, 4ᵐᵉ du nom, écuyer, seigneur de Mandres, de Landaville et de Goussaincourt eut cinq enfants : Robert, Henri, Antoinette, Marie et Anne qui fut dame de Goussaincourt et de Châtenois. Il n'est pas dit si la seigneurie de Landaville revint à l'un d'eux.

A partir de 1740 et jusqu'à la Révolution, les rôles des subventions indiquent comme seigneurs, dans la haute justice de Landaville, l'un des membres de la famille de Barbarat de Mazirot pour les trois quarts et décimateur pour un tiers, et MM. d'Allançon de Bar et de Verdun pour l'autre quart et décimateurs aussi pour un tiers.

Le château de Landaville-le-Bas ne fut plus habité dès lors que par l'amodiateur ou fermier du seigneur.

La *subvention* était un impôt direct qui, en Lorraine, remplaçait les aides et diverses impositions. Ce serait, aujourd'hui, la contribution foncière. Les possesseurs de fiefs en étaient exempts, leurs noms ne figurent dans les rôles qu'en cette qualité. L'amodiateur y était compris, mais à peu près sous cette rubrique : « ...franc pour la subvention, néanmoins cotisé à....... pour ponts et chaussées, débits de ville, fourrage, rations et armement. » — 1742.

Nous croyons devoir donner la copie textuelle, autant que possible, du plus ancien rôle que la mairie possède.

Nous mentionnerons seulement les noms des imposés avec le montant de leur cote, en faisant connaître que, sur cent vingt contribuables, nous en avons trouvé cinquante-cinq avec les qualifications suivantes : « pauvre homme », — « pauvre homme caduc », — « pauvre homme ruiné par infortune », — « pauvre homme mendiant », — « pauvre femme ».

« Rolle en la subvantion et autre imposition sur la com-
« munauté de Landaville pour l'année mil sept trente huit...
« le mandemant de la chambre de Lorraine portant somme
« de mil deux cent septante-neuf livres et pour les pons et
« chaussé a celle de septante et une livres et par mande-
« mant de Bar à la somme de cent trante-six livres et de
« six livres pour les pons et chaussé et de six livres pour
« droit de quitance ce qui fait en tout la somme de quinze
« cent huit livres[1] tant en subvantion que pons et chaussé
« et droit de quitance, lesquel somme seront réparti sur
« tous les contribuables de Landaville par les trois asseieurs
« choysi au désir du mandemant à savoir pour la haute
« classe Nicolas Gérard et pour la seconde Claude Maillard
« et pour la basse Jean Toussaint Denez apré sermant preté
« y ont procédé comme sensuy

Jean Thiébaut, laboureur, 24 livres 17 sous 7 deniers.
Nicolas Gérard, vigneron, 27 livres 2 sous 1 denier.
Jean Denez, chanvrier, 9 livres 1 sou.
Estienne Durand, 9 livres 1 sou.
La veuve Nicolas Durand, 8 livres 5 sous 10 deniers.
Pierre Raoux, laboureur, 12 livres 16 sous 4 deniers.
Nicolas Estienne, laboureur, 9 livres 6 sous.
Nicolas Crepet, maçon, 1 livre 10 sous 9 deniers.
La veuve Raoux, 5 livres 5 sous 6 deniers.
Charles Estienne, laboureur, 12 livres 16 sous 4 deniers.
La veuve Barrois, 21 livres 17 sous 3 deniers.
La veuve Collenet, 7 livres 10 sous 9 deniers.
La veuve Clément Billet, 6 livres 15 sous 9 deniers.
Joseph Estienne, charpentier, 1 livre 10 sous 9 deniers.
Jean Raoux, 6 livres 5 sous 7 deniers.
Nicolas Guinot, 9 livres 16 sous.
La veuve Breullet, 3 livres 15 sous 5 deniers.
La veuve Jean-Martin Toussaint, 2 livres 5 sous 1 denier.

[1] Le total des sommes imposées est de 1498 livres au lieu de 1508

Marie Denez, 2 livres 5 sous 1 denier.
Pierre Millot, laboureur, 33 livres 3 sous 6 deniers.
Claude Lapotre, meunier, 11 livres, 6 sous 2 deniers.
Nicolas Toussaint, minier, 28 livres 12 sous 1 denier.
Elophe Bichon, laboureur, 40 livres 14 sous 4 deniers.
Charles Lallemant, laboureur, 21 livres 2 sous 3 deniers.
Jean Gaudé, père, 4 livres 10 sous 6 deniers.
Jean Gaudé, 9 livres 16 sous.
Anthoine Corel, 10 livres 14 sous.
Henry Larminaux, tissier, 7 livres 10 sous 9 deniers.
Jean Thirion, 8 livres 5 sous 8 deniers.
La veuve Laurenseaux, 3 livres 3 deniers.
La veuve Charles Thirion, 10 livres 11 sous 1 denier.
Claude Noblot, chanvrier, 9 livres 1 sou.
Nicolas Jacquot, laboureur, 35 livres 8 sous 9 deniers.
Claude Michel, 7 livres 10 sous 9 deniers.
Claude Gaudé, laboureur, 9 livres 16 sous.
Charles Maillard, charron, 8 livres 5 sous 10 deniers.
La veuve Larminaux, 8 livres 5 sous 10 deniers.
La veuve Morel, 26 livres 7 sous 10 deniers.
Nicolas Bogard, laboureur, 12 livres 1 sou 3 deniers.
La veuve Jean Gérard et Charles Gérard, son garçon, qui est
   allé demeurer chez Mme de Taxis, 6 livres 15 sous 9 deniers.
François Chaudron, 6 livres 15 sous 9 deniers.
Charles Jacquot, charpentier, 11 livres 6 sous 2 deniers.
Félix Denez, 6 livres 9 sous 7 deniers.
Nicolas Gaudé, 24 livres 7 sous 17 deniers.
La veuve Masseaux, 4 livres 19 sous 1 denier.
Nicolas Denez, 7 livres 10 sous 9 deniers.
Claude et Marie les Danet (?), 3 livres 3 deniers.
Claude Billet, distillateur, 15 livres 16 sous 7 deniers.
François Ringue, maçon, 9 livres 1 sou.
Claude Duhan, pâtre, 8 livres 5 sous 10 deniers.
Jean-Toussaint Denez, 6 livres 15 sous 9 deniers.
La veuve Gillot, 6 livres 7 deniers.
Estienne Dumont, savetier, 4 livres 17 sous 7 deniers.
Claudette Roussel, 6 livres 7 deniers.
Claude Roussel, vigneron, 15 livres 6 sous 7 deniers.
Jean Billet, 6 livres 7 deniers.
Nicolas Maillard, charron, 2 livres 1 sou 5 deniers.
Pierre Maillard, 21 livres 2 sous 3 deniers.

Hubert Thomas, 6 livres 7 sous 7 deniers.

La veuve Noblot, (cy devant exilée de Lorraine, à présent rétablie), 3 livres 3 deniers.

Renaux, tabellion, 10 livres 11 sous 1 denier.

Claude Thiébaut, maréchal ferrant, 13 livres 11 sous 5 deniers.

Jean Fort, laboureur, 45 livres 19 sous 11 deniers.

Florentin Masseaux, 17 livres 6 sous 10 deniers,

Jean Denez, 7 livres 10 sous 9 deniers.

Joseph Denez, laboureur, 7 livres 6 sous 10 deniers.

Joseph Ringue, 7 livres 17 sous 10 deniers.

La veuve Courtier, 4 livres 10 sous 6 deniers.

François Thirion, laboureur, 36 livres, 18 sous 11 deniers.

Félix Thiébaut, maréchal ferrant, 20 livres 1 sou 2 deniers.

Louis Génin, maçon, 9 livres, 16 sous.

Simon Bogard, charron, 20 livres 14 sous 8 deniers.

Anthoine Gérard, lieutenant de Maire, 9 livres 16 sous.

Jean-François Gérard, vigneron, 32 livres 8 sous 5 deniers.

Charles Maillard, laboureur, 19 livres 12 sous 1 denier.

Louis Maillard, laboureur, 17 livres 14 sous 4 deniers.

Charles Gérard, laboureur, 21 livres 2 sous 3 deniers.

Claude-François Bigeon, laboureur, 31 livres 13 sous 4 deniers.

Nicolas-Martin Toussaint, charpentier, 12 livres 1 sou 3 deniers.

Félix Gérard, laboureur, 10 livres 11 sous 1 denier.

Claude Maillard, laboureur, 14 livres 16 sous 7 deniers.

Jean-François Maillard, vigneron, 13 livres 11 sous 5 deniers.

Jean-Pierre Larché, tissier, 14 livres 6 sous 6 deniers.

Théodore Duhand, 6 livres 15 sous 9 deniers.

Jean Thirion, laboureur, 26 livres, 7 sous 10 deniers.

François Jardin (Hyardin), 13 livres 11 sous 5 deniers.

Thomas Ringue, maçon, 12 livres 10 sous 4 deniers.

Claude-Martin Barrois, laboureur, 43 livres 14 sous 8 deniers.

La veuve Habert, 3 livres 15 sous 4 deniers.

La veuve Dufour, 5 livres 5 sous 6 deniers.

Jean Rolland, 12 livres 1 sou 3 deniers.

Gabriel Michel, 6 livres 15 sous 9 deniers.

La veuve Michel, 9 livres 1 sou.

La veuve Ringue, 4 livres 10 sous 6 deniers.

Simon Brullet, tissier, 9 livres 1 sou.

Hubert Ternet, vigneron, 17 livres 6 sous 10 deniers.

La veuve Laumont, 5 livres 5 sous 6 deniers.

Claude Duhand, laboureur, 18 livres 1 sou 11 deniers.

Marie Germon, 2 livres 5 sous 2 deniers.
Nicolas Ternet, vigneron, 12 livres 1 sou 3 deniers.
Jean Thirion, 29 livres 8 sous 1 denier.
Nicolas Gérard, tissier, 12 livres 1 sou 3 deniers.
Christophe Bourguignon, maître d'Ecole, 8 livres 15 sous
   9 deniers.
Mamet Charnot, 5 livres 5 sous 6 deniers.
Charles Denez (cy devant franc à cause de ses dix enfants),
   15 livres 16 sous 1 denier.
La veuve François Michel, 18 livres 16 sous.
Nicolas Rolland, 28 livres 12 sous 1 denier.
François Duhand, tailleur d'habits, 7 livres 10 sous 9 deniers.
Nicolas Courtier, 9 livres 10 sous.
François Maillard, charron, 8 livres 5 sous 10 deniers.
Jacques Legrand, maçon, 12 livres 1 sou 3 deniers.
Nicolas Lautel, 20 livres 7 sous 2 deniers.

Fin du pied certain.

Charles Laurent, franc à cause de ses dix enfants, cotisé pour débit de ville à 7 sous par cent.

Claude Billet, nouveau marié, cotisé pour les ponts et chaussées et débit de ville à 4 sous par cent.

Jean Thirion, nouveau marié, cotisé pour les ponts et chaussées et débit de ville à 10 sous par cent.

Anthoine X... qui a fait « bancroute ».

Hyacinthe Narcy, nouveau marié, à 10 sous par cent.

Christophe Bichon, nouveau marié, à 10 sous par cent.

François Thirion, nouveau marié, à 9 sous par cent.

« Nous asseieur cy devant denomé ayant examiné les feul
« (les feuilles) de la subvantion nous avons fait la répar-
« tion des somme i mantioné sur tous les contribuable des
« nommé au présent rolle le fort aydant le faible le plus
« ayquitablement qui nous a esté pocible. En foy de coy
« nous sont soussigné et marqué ce cinq janvier mil sept
« cent trante-huit. Signé : (marque de Nicolas Gérard †),
« C. Maillard, J. T. Denez. »

Etre *asseyeur* était un honneur que personne ne sollicitait ; car si les habitants ne payaient pas, c'étaient les asseyeurs, aussi collecteurs, qu'on emprisonnait le plus souvent. De même, le syndic pouvait être frappé de lourdes amendes en cas de retard ou de négligence dans l'exécution des ordres qui lui avaient été signifiés.

Il nous semble utile de donner, pour Landaville, le montant exact de la subvention à différentes époques. En 1744, il est de 2167 livres ; en 1742, de 2775 livres ; en 1745, de 2745 livres ; en 1746, de 2825 livres ; en 1756, de 3025 livres ; en 1772, de 3107 livres 11 sols.

Le 12 janvier 1744, Catherine Guinot, femme du sieur Thiébaut, maire à Landaville, fut élue à la pluralité des suffrages dans une assemblée des femmes, pour faire l'office de sage-femme et prêta serment conformément au rituel du diocèse.

Si nous jugeons des habitations de nos ancêtres par celle du curé de Landaville, en 1744, nous en aurons une bien triste idée.

Ainsi, André Cacheux, alors curé, expose, dans un mémoire adressé au chancelier[1] de Lorraine et Barrois que « la maison curiale est en mazure..., qu'actuellement il est réduit à un logement consistant : 1° en une chambre sans cheminée sous laquelle passe un égoût immédiatement sous le plancher ; 2° en une cuisine et un poêle, l'un et l'autre n'ayant en place de plancher que terre glaise et mauvais caraudages. Le poêle étant sans autre jour que d'un pied

---

[1] Chaumont de la Galaizière qui administrait la Lorraine. Stanislas n'avait que la partie gracieuse du gouvernement avec une pension de deux millions de livres.

et demi de hauteur, et n'ayant environ que huit pieds en carré sur six ou sept d'élévation. » Il supplie ensuite le chancelier de vouloir bien ordonner qu'une maison de cure convenable soit construite [1].

Il fut fait droit à la demande de M. Cacheux, car le mardi 7 septembre 1745, à dix heures du matin, au domicile du syndic de Landaville, en exécution de l'ordonnance du chancelier, en date du 26 août précédent, il fut procédé par devant M. Sallet, écuyer, subdélégué, à l'adjudication des travaux pour la construction d'un presbytère qui devait comprendre, en outre des corps de logis, des engrangements pour « l'usage du sieur curé décimateur pour un tiers dans le lieu. »

Le 17 juillet 1747, il est reconnu, dans une assemblée générale des habitants, qu'il faudra au moins deux mille livres « pour parachever le paiement de l'ouvrage de la maison de cure et subvenir à tous les autres besoins communaux »; on sollicite la vente d'un pré commun appelé Timoitame, engagé à l'amodiateur du lieu « pour pareils besoins de communauté, notamment pour ceux de la milice. » Une autorisation de l'intendant [2], datée de Lunéville le 26 juillet 1747, permit seulement la location de ce terrain « à la charge par l'adjudicataire d'avancer et payer comptant » la somme due par la communauté.

Avant l'organisation de la milice, il existait des compagnies d'arquebusiers. Le 16 avril 1721, François Bigeon et Claude Barrois, maires, avaient fait convoquer les garçons de vingt à trente ans pour le tirage au sort de trois arquebu-

----

[1] Notons cependant que précédemment la communauté louait une maison au curé.

[2] Aux fonctions de chancelier, M. de la Galaizière réunissait celles d'intendant.

siers. Il y eut des difficultés, et ces jeunes gens durent se trouver le lendemain à Pompierre pour « par devant le lieutenant général être procédé à ce tirage [1]. »

Chaque village devait un certain nombre de miliciens. Si l'un d'eux désertait ou *disparaissait*, la communauté était obligée d'en fournir un autre. Pour conserver son fils, il fallait qu'un cultivateur eût au moins deux charrues. On prenait souvent des hommes mariés et quelquefois des pères de famille. Là, comme ailleurs, il y avait un abus criant de privilèges. Les plus riches trouvaient le moyen de faire retomber toute la charge sur les pauvres gens.

En 1751 eut lieu la réorganisation des juridictions.

Voici les indications pour Landaville : bailliage de Neufchâteau, maîtrise de Neufchâteau et de St-Mihiel, coutume de Lorraine et de Saint-Mihiel, cour souveraine de Nancy.

1753 et 1754 furent des années de misère ; cela résulte d'une supplique adressée, en 1755, au chancelier de Lorraine. par les habitants que le seigneur menaçait de poursuivre au sujet du paiement de 311 livres 16 sols dus pour droits d'amortissement. « Ils ont unanimement « résolu qu'étant extrêmement obérés et ne sçachant où « trouver des deniers surtout dans les circonstances de la « stérilité des deux années dernières, de laisser par adju- « dication pour 6 ou 9 ans, dix-sept arpents de terrain « en Buisson, dix arpents aux Rapailles, 8 jours dessous « Renombois ». Ils supplient monseigneur le chancelier de permettre ladite adjudication. Parmi les signataires, on remarque : N. Cordier, maire, C. F. Bigeon, syndic, C. Bichon, greffier.

La reconstruction de l'église ayant été décidée en 1761,

---

[1] *Archives des Vosges.* Haute Justice de Landaville.

un devis fut dressé par Deklier Dellile, architecte. Le montant de la dépense s'élevait à 6,144 livres 1 sol dont 2,339 livres 10 sols à la charge des seigneurs [1], 1484 livres 8 sols pour le curé et 2.317 livres 3 sols au compte de la communauté. M. le curé Cacheux sollicita l'autorisation de reconstruire son église par économie, sans le secours d'un architecte, « se croyant assez de connaissance des mathématiques pour se passer des lumières d'autrui. » Il ne fut pas fait droit à sa demande et, le 24 août 1764, la partie des travaux incombant aux habitants fut adjugée pour 1650 livres à Jean-Baptiste Génin, de Landaville.

Nous n'avons trouvé, sur l'ancienne église, aucun renseignement, sinon les passages suivants que nous relevons dans le devis de M. Deklier.

« Le mur à gauche de la nef sera aligné et raccordé avec le mur du milieu de la tour... qui subsistera....; on bouchera les deux passages par lesquels on communique à l'ancien chœur et on ouvrira le côté de la croisée à droite pour y construire une porte qui communiquera intérieurement du sanctuaire sous la tour...

Nous tenons la communication suivante de M. Feunette. Il nous a paru utile de l'insérer à sa date :

« 20 juin 1763. Edme-Gabriel de Clermont, comme délégué de *Madame de Taxis*, se présente devant l'archevêque-prince-électeur de Cologne pour transporter à Neufchâteau les reliques de saint Elophe. Comme preuve de sa mission, il produit un acte authentique du 5 juin précédent de M⁰ Claude Oget, tabellion royal et signé de *André Cacheux*, curé de Landaville et de Joseph-Chrysostôme Lemoine, prêtre habitué. Madame la comtesse donne à perpétuité

---

[1] M. de Mazirot et MM. d'Allançon.

ladite relique à l'église St-Nicolas, comme étant sa paroisse et le lieu destiné pour sa sépulture. »

Par acte S. S. P. du 26 juillet 1764, M. le curé amodia la totalité de ses dîmes pour 1000 livres. Semblable bail avait déjà eu lieu précédemment. En 1767, les ponts de Landaville-le-Bas furent reconstruits en bois par Jacques Matoux, entrepreneur des travaux de M. le Président de Mazirot, résidant au château, moyennant 200 livres tournois. On dut les réparer en 1788. Les administrateurs étaient : Félix Fort, syndic, Cl.-François Bigeon, lieutenant de maire, Toussaint Petit, maire, Nicolas Ternet, Joseph Michel, Cl. H. Maillard, Nicolas Guillot, Dominique Lautel « choisis à la pluralité des voix et par ordre du roi pour gouverner les affaires de la communauté. » Ce passage nous amène à faire remarquer que la Lorraine avait été définitivement réunie à la France, après la mort de Stanislas Leszczinski, survenue le 23 février 1766.

Landaville a souvent eu à souffrir des orages ; c'est un fait que nous constaterons malheureusement plus d'une fois.

En 1770, une inondation subite et extraordinaire emmena tous les foins coupés « à des espaces qu'il est impossible de savoir. »

Les chemins furent en partie comblés, surtout celui d'Aulnois ; « l'ouvrage qui s'y présente effraye et le temps considérable qu'il faudra y employer, ralentit le zèle qu'on peut avoir pour sa décombre [1]. »

La communauté fut autorisée à mettre en réserve une partie de ses prés non clos « pour y faire du regain qui sera partagé par parties égales entre tous les habitants, sauf la double part à l'admodiateur. »

[1] Supplique à l'intendant de Lorraine.

Du 14 mars 1772. Foi et hommage faits au roi, par Charles-François-Antoine de Barbarat de Mazirot, seigneur de Mazirot et autres lieux, comte de Muret, conseiller du roi en tous ses conseils, maître des requêtes de son hôtel et ancien président à mortier au ci-devant parlement de Metz, pour la terre et seigneurie de Landaville, consistant en haute, moyenne et basse justices, à lui abvenue de la succession de son père. (22 janvier 1777, id., du même [1]).

M. le curé Cacheux, dont nous avons eu l'occasion de parler plusieurs fois, mourut le 15 avril 1772.
Il exerçait son ministère, dans la paroisse, depuis 1744.

Selon son acte de décès, signé par plusieurs prêtres, ses paroissiens, tant pauvres que riches, perdirent un tendre et charitable père et un vraiment bon et zélé pasteur, autant recommandable pour l'austérité de ses mœurs pour lui-même, que compatissant et indulgent pour les autres…, « né pour être plus élevé s'il en eût été peut-être moins digne… »

Ajoutons que la population a gardé sa mémoire.

En exécution d'un arrêt rendu le 19 avril 1762 par le Conseil royal des finances, il fut procédé, en 1777, par devant François-Léopold Mouzon, conseiller du roi, maître particulier des Eaux et Forêts en la maîtrise de Neufchâteau, à la reconnaissance des bois appartenant soit en commun, soit séparèment, à Landaville-le-Haut et à Landaville-le-Bas.

Etaient présents : Cl.-François Bigeon, syndic ; Jean Bogard, maire ; Claude Collin, amodiateur ; Jean Matoux, greffier de la haute justice ; Christophe Bigeon, Cl.-Hubert Maillard, Jean-Pacifique Maillard, laboureurs ; Me Cor-

---

[1] *Archives de Lorraine.* Trésor des Chartes.

bon, juge, et Mᶜ Joumar, procureur fiscal du seigneur.

La division en quarts en réserve et en coupes annuelles fut faite par M. Dralet, arpenteur.

C'est encore en vertu de cet arrêt et conformément au procès-verbal de *réformation* qui fut dressé, qu'une coupe affouagère est délivrée tous les ans à chacun des deux hameaux.

Les frais d'arpentage et d'abornement (141 livres 19 sols 3 deniers pour le Haut et 276 livres pour le Bas) ne furent payés qu'en 1779, après un commandement signifié au syndic par l'huissier de la maîtrise.

Afin de pouvoir acquitter ses dettes, la communauté, qui devait en outre 280 livres pour fournitures aux troupes, mit en location quarante-un jours de pâtis communaux.

Les comptes des syndics et les pièces justificatives qui les accompagnent nous fournissent des indications assez importantes sur les charges qui incombaient aux habitants des campagnes, sous l'ancien régime.

Prenons, comme exemple, le compte de François Maillard, syndic pour 1786 ; compte revu le 20 avril 1789 par la Commission intermédiaire provinciale et approuvé définitivement le 11 juillet suivant par M. Delaporte, intendant de Lorraine et Barrois. M. Rouyer, subdélégué ou M. Tulpain, son secrétaire, ont signé la plupart des quittances.

Les recettes qui s'élèvent à 1725 livres 1 sol 10 deniers, proviennent de la vente de châblis, de la location de la pêche du ruisseau et, en grande partie, de sommes retirées de la *Caisse des bois et domaines* de Neufchâteau.

Les dépenses montent à 1888 livres 12 sols 8 deniers. Nous y relevons, entre autres, 823 livres 6 sols 9 deniers payés à l'entrepreneur de la fontaine du Haut ; 150 livres pour réparations à l'église; 120 livres à M. Mouzon, maître des Eaux et Forêts ; 251 livres 17 sols 6 deniers pour la portion de la route de Bulgnéville à Darney à la charge de la communauté ; 195 livres, même objet, route de Neufchâteau à Lamarche ; 24 livres 11 sols 6 deniers relatifs aux frais de visite des ravages causés par un orage ; 2 livres 11 sols 6 deniers et 3 livres 17 sols 6 deniers au maréchal expert pour deux visites des chevaux ; 2 livres 11 sols 6 deniers au piqueur Malglaive pour la visite des ponts. Un article de 24 livres 8 sols 6 deniers comprend les gages des piétons et le blanchissage des draps de la garnison de Neufchâteau. Le tirage de la milice a coûté 38 livres 15 sols ; les cocardes des miliciens, 2 livres 11 sols 6 deniers. La visite du chirurgien, 3 livres 17 sols 6 deniers. 11 livres 12 sols 6 deniers sont dus aux officiers du lieu pour enregistrement des actes de la communauté. Le syndic demande 40 livres pour 26 voyages, aux frais des habitants ; on lui alloue 32 livres 10 sols. Quelques-unes des dépenses ont été payées en monnaie de France ; mais elles sont toutes évaluées au cours de Lorraine [1]. A cette nomenclature, ajoutons 54 livres se rapportant à la location des maisons destinées au casernement des trois escadrons « du Mestre de camp Dragons » en garnison à Neufchâteau et 36 livres, cours de France, faisant le prix de trois paires de draps fournis au même régiment. Quittances délivrées en 1787 mais relatives à l'exercice 1786. Les deux articles cités plus haut pour la part contributive du village, dans l'entretien des routes, concernent la corvée royale. On traitait avec un entrepreneur qui n'était payé qu'après la réception définitive des

---

[1] Dans ce compte, deux livres de France valent deux livres onze sols six deniers de Lorraine.

travaux. Il y avait aussi la corvée bourgeoise imposée par l'intendant pour la réparation des rues du village ; quant à la corvée féodale elle est bien connue ; au surplus, nous aurons encore l'occasion d'en parler.

D'importantes modifications furent apportées, en 1787, dans l'administration des communautés. Le ministre Loménie de Brienne obtint du roi une ordonnance qui établissait dans les *pays d'élection*, et d'après les plans de Turgot, des municipalités électives, des assemblées d'élection et des assemblées provinciales ; c'était comme une sorte de représentation nationale à tous les degrés. La France se trouvait divisée, si l'on peut s'exprimer ainsi, en municipalités de communes, d'arrondissements et de provinces. Les municipalités électives se composaient, dans chaque village, du curé, du seigneur ou de son représentant, du syndic et d'un certain nombre de membres élus par leurs concitoyens. Les deux autres assemblées comprenaient chacune quarante-huit membres nommés moitié par le roi, moitié par leurs collègues, hormis l'assemblée provinciale qui choisissait les vingt-quatre premiers députés de chaque assemblée d'élection ; ce n'était donc pas réellement des assemblées représentatives. Nous avons sous les yeux le registre des délibérations de la *municipalité* de Landaville, ainsi composée : Thouvenin, Jean-Baptiste, curé, président ; J. Bogard, maire ; F. Billet, maire [1] ; N. Bichon, syndic ; C. Colin, F. Maillard et J. Gaudez. Ces trois derniers avaient été élus le 8 juin 1788. J.-Joseph Matoux fut nommé greffier le 15 juin suivant ; il était aussi greffier de la haute

---

[1] M. de Mazirot, seigneur pour les trois quarts dans la seigneurie, et MM. d'Allençon, seigneurs pour l'autre quart, avaient chacun leur maire. Le maire de M. de Mazirot était considéré comme premier maire.

justice. N'ayant plus voulu assister aux réunions plus tard, on le remplaça par N.-Th. Michel.

Ce registre peut être considéré comme un véritable cahier de plaintes et de doléances ; nous allons le résumer dans ses principales parties.

Le 22 août 1788, l'assemblée municipale demande la distribution de suppléments d'affouages, car la disette ou pénurie de bois ne le cède pas à la disette de pain, et pourtant les habitants n'ont contre ce besoin de première nécessité d'autres ressources que dans leurs affouages et suppléments d'affouages. Environ un mois après, le 14 septembre 1788, les membres de la municipalité, réunis pour délibérer sur les affaires communes, se plaignent de la surcharge du piéton de St-Mihiel, les ordres envoyés par ce district étant les mêmes que ceux émanant de Neufchâteau ; ils émettent ensuite le vœu qu'il serait peut-être plus utile de mettre en culture les pâtis communaux que de les laisser « en nature de pâtis pour la pâture bien nommée *vaine pâture.* » Puis, incidemment, ils réclament, *de nouveau,* l'autorisation de faire des réparations très urgentes à l'église et aux ponts de Landaville-le-Bas (la foudre avait gravement endommagé le clocher et la tour de l'église); « dans le principe on n'aurait dépensé que 100 livres, aujourd'hui il en faudra 600. » Un moyen d'accroître les ressources de la communauté et d'assurer l'aisance des habitants est même indiqué : ce serait de multiplier les propriétés particulières en partageant les terrains communaux moyennant une légère redevance; car « l'expérience apprend combien l'industrie s'exerce et s'évertue autour d'un terrain propre et lui fait rapporter le centuple du terrain qui reste en commun...; ce fut en attribuant des ter-

rains défrichés ou à défricher à charge de cens, lods et
ventes [1] que les princes et les seigneurs multiplièrent jadis
les habitations et peuplèrent plus ou moins les divers cantons des provinces, devenus riches et fertiles à proportion
qu'ils devinrent propres aux particuliers qui les cultivaient.»
En terminant, l'assemblée fait remarquer que Laudaville-
le-Bas, composé d'environ quatre-vingts feux, n'en a que
dix-sept dans la partie dite de St-Mihiel, « n'ayant ladite
partie rien de séparé du reste du hameau, ni bois, ni pâtis,
ni rien autre chose que la juridiction. »

A l'appui de cette délibération, on donne le 26 octobre
1788, en ce qui concerne les droits seigneuriaux, l'état des
charges qui pèsent sur les habitants :

1° La communauté est chargée, envers le seigneur, de
quatre jours de charrue par chaque laboureur tous les ans ;

2° D'en moissonner les corvées, pour chaque habitant :
un jour aux blés et un jour aux avoines, et le lendemain
enjaveler ce qui a été moissonné la veille. La voiture est
encore aux charges des laboureurs ;

3° De lods et ventes à 6 pour 100 envers ledit seigneur ;

4° De payer tous les ans audit seigneur, par chaque feu,
un bichet de blé et un franc (les veuves ne donnaient que
la moitié de cette redevance) ;

5° D'une somme de 40 francs barrois qui se répartit tous
les ans sur toute la communauté ;

3° Tous les jours de terre qui composent le finage de
Landaville, doivent au seigneur, à ce qu'il prétend, trois
deniers chacun par an ;

7° Une grande partie du finage est chargée envers ledit

---

[1] Droit de lods et ventes, droit accordé au seigneur de percevoir une certaine somme pour toute mutation de propriétés.

seigneur, savoir, par quart et demi de jour de terre, d'un imal de blé quand il est ensemencé de blé et de deux imaux d'avoine quand il est ensemencé de cette espèce de grain ;

8° Le tiers du finage paye la dîme au sept à cause de l'*arrage*[1] et au dix partout ailleurs, excepté les novales et la menue dîme qui se payent à l'onze.

9° Il y a dans la maison de l'admoniateur, au compte du seigneur, deux colombiers, ce qui n'est pas une petite charge ni à beaucoup près la moindre pour la communauté.

10° Il y a banalité du moulin et du pressoir au vingt-quatrième.

La banalité du four avait été rachetée en 1785, moyennant un bichet de blé par feu.

Le seigneur de Landaville avait le tiers des coupes exploitées dans les forêts de la commune. Il arrivait que lorsqu'on employait les officiers de la haute justice pour les ventes, les frais et *franc vin* absorbaient le prix du bois.

Cette déclaration devait être transmise à l'Assemblée provinciale, à Nancy, par les soins de MM. les procureurs syndics du bureau intermédiaire de Neufchâteau.

L'hiver de 1788-89 fut très rigoureux ; la misère devint grande partout.

Un arrêt du parlement de Nancy (décembre 1788) suspendit la banalité des moulins dans tout son ressort et jusqu'à nouvel ordre, à cause de l'extrême sécheresse.

A Landaville, il fallut enlever, par corvées, « la quantité prodigieuse de neige » qui couvrait les chemins et casser la glace de l'étang. Le meunier, après arrangement pris, dut

---

[1] *Arrage*, sorte de dîme qui n'était due qu'en vertu d'un titre formel.

moudre tous les jours deux bichets de blé, dont il faisait du pain pour être distribué « à prix d'argent, aux différents particuliers » en attendant que chacun pût, à son tour, avoir la farine de son grain.

Le 1er février 1789, l'assemblée municipale, réunie en la maison de cure pour délibérer sur les affaires de la communauté, se plaint amèrement de l'état de crise et de détresse où la banalité des moulins a réduit les habitants ; car « il « est arrivé que les moulins ayant manqué, non seulement « tout l'hiver, mais ce qui est assez ordinaire en ce lieu, « la plus grande partie de l'été, d'eau suffisante pour « assortir les banaux, ceux-ci ont été obligés d'aller à « grands frais moudre ailleurs, et encore n'ont-ils osé en « venir là que depuis la promulgation de l'arrêt du parle- « ment, parce qu'en toute autre circonstance, les banaux « sont surveillés d'une manière qui aggrave si fort la ser- « vitude que pour n'être pas molestés, ils aiment mieux « emprunter du pain les uns des autres en attendant qu'ar- « rive le tour souvent tardif de chacun de ceux qui ont des « grains à moudre. D'autres ont été obligés de piler à leurs « frais leur grain sous des meules d'huilerie, et le tout « faute par ceux qui exercent les droits et les émoluments « de la banalité d'être pourvus d'instruments capables de « remplir en tout temps les obligations dont ils sont char- « gés. » La municipalité demande ensuite « d'après les plaintes sans nombre et sans fin qui journellement lui sont portées unanimement par tous les habitants » que des balances soient établies aux moulins ; car l'affectation et l'opiniâtreté que l'on apporte à refuser d'exécuter les règlements édictés à ce sujet, excitent davantage les clameurs. Au surplus on a constaté que les grains moulus sous les meules des huiliers ou dans des moulins à poivre, à café, à tabac, donnent et ont toujours donné un quart en plus que ceux qui sont portés aux moulins banaux.

L'assemblée signale ensuite un autre abus « qui finit par ruiner l'habitant et la communauté » : c'est le grand nombre d'amendes prononcées aux plaids annaux contre les particuliers qui font garder par leurs enfants des veaux ou des bouvillons d'un an où deux.

Comme ce petit bétail ne devait pas être compris dans « les bêtes taillables », il était interdit de le conduire en pâture ; de sorte que les bangards dont le traitement se prélevait sur le produit des amendes, ne manquaient jamais de dresser des rapports à chaque infraction qu'ils pouvaient ainsi constater.

Afin d'être libres à cet égard, les cultivateurs consentent, dit la délibération, à payer au pâtre la garde de leurs veaux ou bouvillons, en les faisant *craner* [1] à cet effet par l'échevin, et sans qu'on les mette à la *hare* (troupeau commun).

Dans l'une de ses dernières séances, l'assemblée municipale décide que le syndic fera toutes les démarches nécessaires pour obtenir ce qui revient à la communauté dans les amendes provenant des délits de bois ; car, depuis plus de vingt ans, le greffe des seigneurs n'a rendu aucun compte à ce sujet.

L'analyse des principaux actes de la *municipalité élective*, ou plutôt de l'assemblée paroissiale de Landaville, est terminée.

Aux déclarations si importantes que nous avons rappor-

---

[1] On faisait des crans dans des baguettes pour indiquer le nombre d'animaux que le pâtre avait à garder.

tées, en ce qui concerne les privilèges dont jouissaient les nobles, nous y ajouterons quelques explications.

Les droits seigneuriaux se divisaient en droits utiles et en droits honorifiques. Les droits utiles étaient une source de revenus pour le seigneur. A ceux déjà cités rattachons-y le droit exclusif de chasse, le droit de pêche, celui-ci avec quelques restrictions. — A Landaville, les habitants pouvaient aller pêcher en certains endroits. — Les droits de déshérence, c'est-à-dire que les successions non réclamées appartenaient au seigneur, d'épave, ce qui signifie que les objets abandonnés, égarés ou perdus et sans maître connu étaient aussi à lui, de troupeau à part, etc... Quant aux droits honorifiques, nous citerons, par exemple, les droits de banc et de sépulture à l'église, de préséance dans les processions, etc. [1]

Nous croyons de même devoir donner quelques indications générales sur les impôts, sous l'ancien régime.

La *taille* — *subvention* dans notre province — pesait uniquement sur les roturiers ; on a vu l'extrait d'un rôle de cette imposition, en 1738, pour Landaville. L'impôt de la *capitation* n'existait pas en Lorraine ; il se calculait sur la fortune présumée de chacun ; nul n'en était exempt, sauf les pauvres. Les *vingtièmes* s'établissaient selon les nécessités de la guerre ; ils atteignaient le revenu de toutes les propriétés foncières et s'acquittaient en argent, d'après le prix courant des denrées. Tout le monde connaît l'impôt si impopulaire de la *gabelle*. Le roi avait le monopole de la vente du sel dont la consommation était obligatoire ; la

[1] On peut consulter utilement, à ce sujet, certains ouvrages historiques ; entre autres, l'*Histoire de la Civilisation française*, par Alfred Rambaud.

quantité de sel qu'on devait employer était même déterminée. Les *aides*, que nous appellerions aujourd'hui contributions indirectes, consistaient en droits sur les boissons, sur les cuirs, sur les cartes, etc.

Citons encore les droits d'enregistrement et de timbre, l'impôt sur le tabac, les *péages*, les *douanes* que l'on rencontrait dans toutes les provinces... Les contributions qui frappaient directement les terres ou les personnes étaient perçues par des agents locaux qui en opéraient le versement dans les caisses du Trésor ; quant aux impôts dont les produits étaient difficiles à évaluer, on les affermait à des traitants ou fermiers-généraux.

Si, aujourd'hui, le cultivateur peut disposer librement de toutes ses récoltes ; si le travail et le mérite sont les seules conditions exigées pour arriver aux emplois ; si les impôts se répartissent le plus exactement que possible, proportionnellement à la fortune de chacun, c'est parce que la loi est la même pour tous depuis que le principe d'égalité a été proclamé en 1789.

Sans doute, tout n'est pas parfait dans notre organisation sociale ; mais puisque « la transformation accomplie par la Révolution a été préparée par le patient labeur d'innombrables générations »[1], de même les institutions que nous devons à nos aïeux s'amélioreront justement avec le temps.

[1] A. Rambaud. Préface de l'*Histoire de la Révolution française*.

Nulle part, sur notre territoire, la proclamation des principes de 89 ne fut saluée avec une joie plus sérieuse et un plus sincère enthousiasme qu'en Lorraine, dit M. le comte d'Haussonville [1].

Les violences qui, dans d'autres provinces, accompagnèrent l'émancipation des masses populaires, n'affligèrent pas les départements lorrains. Les habitants de cette partie de la France ne mirent de bouillante ardeur qu'à défendre le sol menacé de leur patrie.

Toute proportion gardée, ces paroles peuvent parfaitement s'appliquer à Landaville... C'est là tout le commentaire que nous ferons de cette époque, nous contentant de rapporter purement et simplement, pour notre commune, les faits tels qu'ils nous sont révélés par les documents officiels que nous avons consultés.

D'après le règlement relatif à la convocation des Etats généraux, tous les Français, âgés de 25 ans, domiciliés et compris au rôle des impositions, avaient le droit de concourir à la rédaction des cahiers de plaintes et doléances et de nommer les députés du tiers-état à l'assemblée du bailliage à raison de un par cent feux.

Ces députés réunis devaient réduire tous les cahiers en un seul et désigner le quart d'entre eux comme électeurs définitifs. L'élection des députés aux Etats généraux eut lieu à Mirecourt, pour les bailliages de *la Vôge*.

Plusieurs quittances nous apprennent que François Maillard, marchand et Jean Bogard, vigneron, choisis par les habitants de Landaville « pour être comme députés à l'assemblée du district », reçurent 42 livres 12 sols 6 deniers « pour leurs peines et mouvements »; qu'il fut alloué

---

[1] Histoire de la *Réunion de la Lorraine à la France.*

36 sols de France à C.-F. Larminaux « pour avoir resté
pendant trois jours à l'assemblée des députés, à Neufchâteau, en qualité de rédacteur du cahier des doléances du
bailliage de Neufchâteau sous la dénomination des députés
dudit Landaville et autres lieux, en présence de M. le lieutenant général de ladite ville »[1], et que les frais de l'assemblée générale s'élevèrent, pour la communauté, à 6 livres
2 sols, au cours du royaume.

L'abolition de tous les droits féodaux et privilèges, votée
par l'Assemblée nationale, dans la nuit du 4 août 1789, fut
connue à Landaville au moment où les corvéables moisson-
naient les blés du seigneur.

Un courrier, venant du côté d'Aulnois, en répandait la
nouvelle partout sur son passage.

Nous tenons ce détail de différentes personnes, entre
autres de Mme veuve Ruellet dont la mère, nous a-t-elle dit,
était à la corvée ce jour-là.

C'est en 1790 que Landaville eut sa première municipalité réellement élective.

Le *Corps municipal* se composait, pour notre localité, de
six membres élus, y compris le maire, chef de la municipalité. Douze notables, soumis à l'élection, formaient, avec les
officiers municipaux, le *Conseil général* de la commune.
Un procureur, également élu par les citoyens actifs[2], devait

---

[1] C.-F. Larminaux était de Certilleux ; il fit partie plus tard du conseil
général du district de Neufchâteau. Le cahier de doléances du bailliage
fut signé en l'église des cordeliers de Neufchâteau le 23 mars 1789.

[2] Pour être citoyen actif ou électeur, il fallait être Français, avoir 25 ans,
payer une contribution directe de trois journées de travail et être domicilié
dans le lieu au moins depuis un an. Les éligibles devaient remplir les
mêmes conditions ; mais payer la valeur de dix journées de travail.

14 juillet 1789, prise de la Bastille.

défendre les intérêts et poursuivre les affaires de la Communauté. Il n'avait pas voix délibérative.

Le 31 janvier 1790, à l'église, après l'invocation de la sainte Trinité, on procéda à cette élection qui ne fut défitivement terminée que le surlendemain. En voici le résultat complet :

Paul-François Morel, maréchal-ferrant, maire.
Christophe Bichon, laboureur, procureur.

Officiers municipaux :

Claude-Hubert Lallemand, laboureur.
Joseph Ringue, maçon.
Jean-François Génin, maçon.
Jean-Joseph Larché, tisserand.
Nicolas Thouvenin, vigneron.

Notables :

Charles Thouvenin, laboureur.
François Billet, vigneron.
Claude Bichon, laboureur.
Hubert Ringue, régent d'école.
Joseph Larminaux, vigneron.
Joseph Mulot, fils, laboureur.
Clément Lautel, maçon.
Jean-Baptiste Roussel, maçon.
Joseph Bogard, vigneron.
Jean-Nicolas Molard, laboureur.
Clande-Hubert Maillard, laboureur.
Nicolas Lallemand, laboureur.

Le 7 février suivant, le Conseil général de la commune,

après avoir choisi Nicolas-Thomas Michel pour secrétaire-greffier, prie M. le curé de vouloir bien assister aux réunions de la municipalité, afin de concourir avec ses membres au bien public.

Au mois de mai de la même année, la garde nationale fut organisée. Elle comprenait cent gardes nationaux qui élirent les officiers et les sous-officiers dont les noms suivent :

François Maillard, capitaine ; Théodore Gaudez, lieutenant ; Claude Guillot, sous-lieutenant ; François Larminaux porte-drapeau ; Antoine Gérard, adjudant ; Jean-Baptiste Fort, sergent ; Antoine Mulot, sergent. Le drapeau aux trois couleurs était orné des armes de France et de Lorraine avec ces mots : « La nation, la loi et le roi. »

Le 23 mai 1790, en vertu d'une permission accordée par l'évêque de Toul, M. le curé Thouvenin procéda à « la bénédiction des drapeaux de la milice bourgeoise de la paroisse. Lesdits drapeaux présentés par François Maillard, élu commandant, en présence de Paul-François Morel, maire et de toute la paroisse réunie à l'église. »

Les gens du seigneur, à cette époque, cherchaient continuellement à s'immiscer dans les affaires communales et profitaient de toutes les occasions possibles pour susciter des difficultés à la municipalité. Un jour, ils vinrent réclamer deux portions d'affouage pour leur maître ; l'assemblée municipale refusa, attendu que le seigneur n'habitait pas Landaville (25 mars 1790). Une autre fois, le garde de M. de Mazirot ayant voulu poursuivre un individu qui avait acheté trois hêtres coupés par un inconnu dans les bois communaux, on lui fit savoir qu'il ne lui appartenait pas de faire ce procès. Il y eut même une tentative pour obliger les habitants à payer diverses redevances féodales, notamment le droit appelé bichet de four ; la municipalité adressa aussitôt une plainte au Directoire du département (septembre 1790). Cependant certains droits subsistaient encore, tels que les *lods et ventes*, les *cens* qui furent abolis en 1792 par la Législative.

Depuis plusieurs années, la communauté ne cessait de réclamer, comme coupe affouagère, un de ses quarts en réserve ; chaque fois sa demande était rejetée, par suite de l'opposition des agents seigneuriaux. Dès que la suppression des hautes justices fut un fait accompli, les officiers municipaux s'empressèrent de donner satisfaction au vœu unanime de leurs administrés. Ils firent procéder, sans autorisation préalable, à l'exploitation et au partage du bois dit Renombois. Mais la contravention ayant été dénoncée, la maîtrise des Eaux et Forêts, par une sentence du 27 novembre 1790, condamna la commune à 2.900 livres de dommages-intérêts et à une amende de pareille somme. Il fallut plaider, et c'est seulement le 29 avril 1793 que le tribunal du district de Neufchâteau donna gain de cause aux habitants, parce qu'ils n'avaient agi que par erreur, « à charge néanmoins des dépens faits à cet égard. »

François de Neufchâteau, membre de l'Assemblée législative s'occupa de cette affaire. La lettre suivante munie de son cachet portant la devise : « Hâtons-nous. Le temps fuit et nous traîne avec soi », figure au nombre des pièces du procès. Elle est adressée à M⁰ Regnault, avoué et notaire à Neufchâteau.

« A Paris, ce jeudi matin.

- « J'ai reçu, Monsieur, la pétition et les pièces de la com-
« mune de Landaville, avec votre lettre du 5 de ce mois. Je

« me concerterai avec le comité des pétitions. Je doute
« fort que cette demande puisse réussir. Je recevrai tou-
« jours avec intérêt ce qui me viendra de vous. Ma santé
« est bien mauvaise. La goutte me retient chez moi depuis
« trois semaines. Je me traîne tous les soirs au comité de
« Législation dont on m'a fait membre sans que je l'aye
« demandé. Pour faire de bonnes lois, il faut se bien porter,
« et c'est ce qui me manque et m'afflige. Recevez les assu-
« rances de mon fraternel attachement. »

Signé : « François (de Neufchâteau). »

La Constituante décréta, en 1790, la division de la France
en 83 départements, subdivisés en districts, cantons et
communes ; Landaville appartint au département des
Vosges [1], au district de Neufchâteau et au canton de Beaufremont.

Les biens d'Eglise ayant été déclarés *biens nationaux*, la
vente des domaines ecclésiastiques fut décidée.

La nation était chargée des frais du culte, de l'entretien
des ministres et du soin des hôpitaux.

Nous donnons, pour Landaville, quelques indications
d'après les procès-verbaux des différentes adjudications
faites à Neufchâteau [2]. A l'exception de Jean-François-Jo-
seph d'Alsace de Bourlémont, qui acheta les propriétés de
l'abbaye de l'Etanche, presque tous les autres acquéreurs
étaient des marchands étrangers à la commune :

1791. — Gagnage de l'abbaye de l'Etanche loué à
Ch.-Alex. Thirion, Cl.-H. Maillard, Jean-Pacifique Maillard

---

[1] Les noms des départements furent empruntés aux montagnes, aux cours
d'eau et autres particularités topographiques.

[2] *Archives des Vosges.*

moyennant trente-quatre paires de resaux et huit chapons, évalué 14.154 livres 14 sols 2 deniers, vendu pour 23.500 livres.

Gagnage des Augustines de Neufchâteau loué à Nicolas Bichon pour 17 paires de resaux, un imal de pois, une voiture de paille, évalué 7.087 livres 15 sols 2 deniers, vendu pour 11.600 livres.

Gagnage des chapelains du Saint-Nom-de-Jésus consistant en 54 jours 3/4 de terres, 6 fauchées 1/2 de prés, 3 chenevières et 3 petits prés, estimé 5.597 livres 10 sols 8 deniers, vendu pour 8 300 livres.

30 jours de terres, 4 fauchées 1/2 de prés dépendant de la chapelle Notre-Dame, estimés 2.347 livres, vendus pour 5.275 livres.

26 jours de terre dépendant de la chapelle Saint-Jean, évalués 1.447 livres 19 sols 4 deniers, vendus pour 3.075 livres.

17 jours de terre, 4 fauchées de prés appartenant à la fabrique, estimés 1.100 livres, vendus pour 1.200.

1792. — 3 fauchées de prés en deux pièces, un pré de 3/4, une vigne de 2 jours dans laquelle il faut retrancher 6 hommées pour compléter le jardin de M. le curé, dépendant de la cure, vendus pour 2.000 livres.

22 jours de terres, 2 fauchées 1/4 de prés, 1/4 de chenevière, 1/2 jour de vigne, appartenant à l'ordre de Malte, vendus pour 5.900 livres.

Une maison et un petit héritage y attenant, provenant d'une fondation en faveur des pauvres, vendus pour 915 livres. (Fondation faite le 26 mars 1771 par Marie-Anne-Louise Arnould, veuve de Simon Didelot, ancien prévôt de Beaufremont.)

En l'an 3, les propriétés de l'hôpital de Neufchâteau, divisées en 25 lots comprenant en moyenne chacun 6 jours de terre et 2 fauchées de prés, furent acquises en grande partie par des personnes de Landaville. Quant aux biens des émigrés, nous n'avons trouvé que deux ventes : l'une du moulin de l'Etanchotte, appartenant par moitié aux familles d'Alençon et de Neuilly, et l'autre des terrains provenant de Ch.-Hubert Roussel, ci-devant officier d'artillerie, laissés par bail du 10 décembre 1789 à Ch. Thouvenin, moyennant le canon annuel de 14 paires de resaux et 1 bichet, 2 chapons et 2 bichets de pommes de terre, y compris l'augmentation de la dîme, estimés 23.575 livres, adjugés pour 382,000 francs (14 vendémiaire an 4.) A propos de ce dernier prix qui semble excessif, notons que les paiements se faisaient en assignats plus ou moins dépréciés [1].

L'Assemblée nationale, qui avait décrété la constitution civile du clergé, imposa le serment constitutionnel aux ecclésiastiques.

M. le curé Thouvenin, dans une déclaration du 3 avril 1791, revint sur le serment qu'il avait prêté le 30 janvier précédent ; le 28 juin suivant, il reçut l'ordre du directoire du district d'avoir à quitter Landaville dans les vingt-quatre heures. Il fut remplacé par M. Antoine, de Neufchâteau, prêtre assermenté.

Le 29 août 1791, une fête eut lieu en l'honneur de la suppression de la dîme. On alla, en procession, bénir la dernière voiture de gerbes. Une lettre des administrateurs

---

[1] En outre des seigneurs et des comunautés religieuses déjà nommées, un rôle de la prestation représentative de la corvée, en date du 12 mars 1791, indiquent, comme propriétaires privilégiés à Landaville, M. Darbois de Jubainville, les héritiers du sieur Sallet et Mlle de Bourgogne, demeurant à Bourmont.

du district (6 mars 1792) informant les officiers municipaux que la quote-part de sel à distribuer aux habitants du village est de 66 quintaux 98 livres à 6 livres le quintal, se termine par cette note : « Quelques malintentionnés persuadent aux citoyens que la présente opération a pour objet de rétablir la gabelle. Pour répondre à cette calomnie, il suffit de dire que les communes sont libres d'accepter le sel qui leur est réparti ou d'en acheter partout où elles jugeront à propos. »

Deux *arbres de la Liberté* furent plantés le dimanche 6 juin 1792, l'un devant l'église et l'autre sur la place publique.

Le lendemain, le Conseil général, en demandant l'autorisation d'exploiter, au profit de la commune, le quart en réserve, dit bois de Feyel, pour établir une fontaine à Landaville-le-Bas, observe qu'il n'y a pas à s'occuper si cette forêt appartient à Landaville-le-Haut ou à Landaville-le-Bas ; car « à l'égard de ces objets, tout est en commun et les besoins les plus pressants sont les premiers saisis, soit d'un hameau soit de l'autre. »

Le 15 du même mois, la paroisse reçut la visite de M. Maudru, évêque constitutionnel. Ce fait est consigné dans le registre des délibérations en termes un peu naïfs. La municipalité, accompagnée de la garde nationale, avec son étendard, alla à la rencontre « dudit Sr Evêque »; puis « l'ayant abordé pénétrée d'une joie si sensible qu'il ne lui a pas été possible de lui faire le moindre compliment, tant elle était pénétrée... »

Le 2 août 1792, le Conseil général de la commune décide qu'il sera accordé à chacun de ses volontaires un secours de 260 livres « lesquels sont au nombre de treize. »

Rappelons en quelques mots la situation de la France à ce moment.

L'Europe s'armait contre nous. Nos frontières étaient menacées, au nord, par les Autrichiens ; à l'est, par les Prussiens. La Patrie fut déclarée en danger. Un élan sublime de patriotisme se produisit alors, et, de toutes parts, les jeunes gens coururent aux armes. C'est ce qu'on appela l'appel des volontaires de quatre-vingt-douze.

Conformément à la décision ci-dessus, on contracta un emprunt [1] au nom des habitants. La somme nécessaire ayant été versée en papier monnaie, les créanciers en exigèrent plus tard le remboursement intégral en numéraire. De là différents procès, notamment en l'an 7 à Beaufremont, en l'an 8 à Epinal et en l'an 9 à Neufchâteau.

Nous ne voulons pas entrer dans tous les détails de cette affaire qui ne fut complètement liquidée qu'en 1824, à la suite d'un arrêté préfectoral ; seulement, toutes les pièces que nous avons consultées, relatent que dans les premiers jours du mois d'août 1792, le département des Vosges fut requis, par le général en chef de l'armée du Rhin, de fournir 6.400 hommes pour la défense de la patrie. La répartition faite, le contingent de Landaville fut fixé à treize hommes. « Les communes assemblées à Beaufremont », en présence d'un commissaire du département, résolurent de donner une certaine somme aux citoyens qui s'offriraient volontairement pour voler à la défense du pays.

Treize garçons de Landaville demandèrent à partir aussitôt, ce qui portait à seize le nombre des enrôlements volontaires qui s'étaient produits jusqu'alors dans cette com-

---

[1] Un nouvel emprunt eut lieu en 1793 pour les jeunes gens réquisitionnés.

mune : trois gardes nationaux ayant été « enregistrés » dans le même cas, en 1791.

Malgré toutes nos recherches, il nous a été impossible d'établir une liste complète de tous ces patriotes dont nous aurions été heureux de citer les noms.

Cependant nos efforts n'ont pas été tout à fait infructueux. Nous avons relevé à la mairie, dans les registres de ce temps, ainsi qu'aux *Archives des Vosges*, des désignations concernant la plupart d'entre eux.

On les trouvera dans un chapitre spécial.

Sur la fin du mois d'octobre 1792, les propriétaires étrangers à la commune ayant dû justifier qu'ils n'avaient pas émigré, il fut produit deux certificats quelques jours après ; l'un du maire de Nancy, affirmant que Jean-François-Louis-Joseph d'Alsace habite toujours cette ville ; l'autre de la municipalité de Châtillon-sur-Seine, attestant que la citoyenne veuve de Barbarat [1] et ses enfants n'ont pas quitté cette localité. La saisie des revenus des biens-fonds appartenant à ces personnes fut aussitôt levée.

Lorsqu'en 1793, la Convention eut décrété la *levée en masse*, la *réquisition* fut à l'ordre du jour. On recruta les armées avec les réquisitions d'hommes, on les nourrit avec des réquisitions de vivres (Mignet). C'est alors que Carnot, élu membre du Comité de Salut public, s'occupa exclusivement des opérations militaires et eut la plus grande part aux

---

[1] Marie-Charlotte-Armande-Etiennette de Chastenay, veuve de Charles-François-Antoine de Barbarat de Mazirot, chevalier, comte de Muret, etc., président honoraire du Parlement de Metz, intendant de la Généralité de Moulins (en 1787), dernier seigneur de Landaville.

20 septembre 1792, victoire de Valmy. — 21 septembre 1792, proclamation de la République. — 6 novembre 1792, victoire de Jemmapes.

succès de nos armes ; il mérita qu'on dît de lui qu'il *avait organisé la victoire*[1].

Les départements frontières plus directement menacés que les autres, sans cesse traversés par les troupes, furent ceux au dévouement desquels les généraux firent le plus souvent appel[2].

Il serait trop long d'énumérer tous les convois (farine, blé, orge, avoine, légumes, foin, paille) qui partirent, à diverses dates, de Landaville pour Strasbourg, Metz, Sarrelouis, Belfort, Nancy, Vic, Landau, Epinal, etc... Tous les cultivateurs furent mis en réquisition, à tour de rôle, selon l'importance de leur culture. La commune paya les ouvriers chargés d'extraire le salpêtre ; un menuisier (Joseph Ternet) dut aller travailler aux « caissons de la République »; on livra les galons d'or et d'argent, le fer et le cuivre qui étaient à l'église ; on envoya deux cloches à la fonderie de canons.

Entre autres preuves du patriotisme des habitants de Landaville, nous rapportons les principaux passages d'une constatation du juge de paix de Beaufremont, datée du 24 ventôse, an II de la République. « Il a été fourni à Strasbourg, les 4 brumaire et 8 frimaire et à Belfort, le 5 pluviôse, 323 quintaux 80 livres de blé, soit un excédant de 65 quintaux 80 livres. Il a été versé à Sarrelouis, Nancy et Vic, les 3, 21 frimaire, 1ᵉʳ et 2 pluviôse, et 24 nivôse, 321 quintaux 94 livres d'avoine, soit 4 quintaux 44 livres en plus. » Il restait seulement à fournir un quintal de foin sur cent, et soixante livres de paille sur cent quintaux, ainsi que cinq quintaux de légumes ; mais il fut reconnu que l'on était dans l'impossibilité de le faire, attendu qu'il n'existait plus que « le juste nécessaire pour la nourriture des

---

[1] C'est l'aïeul de M. Sadi Carnot, Président de la République Française.
[2] Voir *Les Vosges pendant la Révolution*, par Félix Bouvier.
21 Janvier 1793, Mort de Louis XVI.

citoyens. » Cependant le 7 prairial suivant on conduisit quatre quintaux de blé à Epinal, tout ce que l'on put envoyer, « cette ville étant sur le point d'éprouver les horreurs de la faim. » Bientôt après, notre village se trouva dans la même situation, et la commune de Sartes fut requise de fournir quarante quintaux de farine à celle de Landaville.

Nous reprenons, par ordre de dates, la suite des faits les plus importants. Nous les citerons sans commentaire, laissant à chacun le soin de les apprécier et de se faire ainsi une idée de l'état des esprits, à Landaville, pendant la Révolution.

Le 17 frimaire an II, le procureur de la commune réclame la suppression des clubs de femmes, « notamment des poëles où il est très dangereux que l'on y tienne des propos inconstitutionnels. »

Un comité de surveillance, composé de douze membres, est organisé le 12 pluviôse ; un de ses premiers actes est de demander l'abolition des colombiers et des tours, ainsi que des édifices qui rappellent la féodalité.

Afin de ne laisser aucun souvenir de l'ancien régime, on changea le nom des vignes dites *du Fief* en celui de vignes du *Doubs* et la rue du Château s'appela rue des Sans-Culottes.

Le Conseil général et le Comité de surveillance réunis le 19 ventôse au sujet de l'affiche envoyée par les administrateurs du district de Mouzon-Meuse (Neufchâteau) pour la location du presbytère, jugent ainsi qu'il suit la conduite de Claude-Joseph Antoine, curé de Landaville, qui a renoncé à ses fonctions sacerdotales :

« Il ne faut pas se figurer que celui qui renonce à son culte soit le meilleur patriote ; s'il ne tient compte de son premier serment, quelle foi peut-on avoir de tous les autres qu'il pourrait prêter. » Un membre de cette assemblée ayant paru sans cocarde à la réunion, est condamné à quinze sols d'amende « pour et à l'effet de se donner de garde et pour montrer exemple à d'autres. »

Le presbytère, réservé pour servir de maison d'école, fut vendu plus tard au chef-lieu de département « sans que la commune en ait eu connaissance [1]. » Un bénédictin de Châtenois, Pierre-Antoine Tailly, qui s'était présenté comme instituteur, et M. Toupot (Jean-Charles), ancien curé de Rouvres, y logèrent successivement.

Ce dernier ayant été arrêté à Landaville, la municipalité lui délivra un certificat dans lequel nous lisons : «... Le citoyen Toupot a toujours montré un patriotisme éclairé, un civisme épuré... Le dit certificat lui est délivré pour servir et valoir comme à un citoyen cher et utile à la société. » Son arrestation ne fut pas maintenue ; il devint même secrétaire-greffier de la commune en l'an IV.

Le 1er germinal an II, l'agent national (premier officier municipal) requiert les membres du comité de surveillance et la municipalité de pourvoir la commune d'instituteurs et d'institutrices pour l'éducation de la plus tendre jeunesse ; de faire procéder au partage des biens communaux ; de distribuer aux parents des volontaires les secours accordés par la Convention [2].

Joseph Laval, arpenteur à Certilleux, fut chargé de par-

<hr>

[1] Voir une délibération du 6 messidor an X.
26 juin 1794, Victoire de Fleurus.

[2] Les procureurs-syndics des départements et des communes avaient été remplacés par des *agents nationaux* qui étaient les hommes du gouvernement et non plus des localités.
5 avril 1795, paix de Bâle.
Du 27 octobre 1795 au 11 novembre 1799, Directoir exécutif ; campagnes d'Allemagne et d'Italie ; expédition d'Egypte.

tager les pâtis, selon l'esprit de la loi du 10 juin 1793. Chaque individu eut trois portions, « attendu le plus ou le moins de valeur des héritages. »

Le 2 ventôse an III, deux manœuvres du lieu « n'ayant point de pain » se plaignent que « depuis huit jours ils sont à chercher pour se procurer une pauvre cuite. »

La chute de Robespierre (9 thermidor, 27 juillet 1794) mit fin au régime de la *Terreur* ; la liberté des cultes fut rétablie. M. Toupot dut d'abord remplir (croyons-nous) les fonctions de ministre du culte dans notre paroisse. Georges Thomas, ex-cordelier, demeurant à Rebeuville et Pierre Bajot, prêtre, résidant à Landaville, sollicitèrent, en l'an VI, l'autorisation d'exercer le ministère catholique dans l'étendue de la commune. Nous supposons que Pierre Bajot fut agréé par l'administration.

Afin d' « assurer le maintien du bon ordre et de la tranquillité », le maire fit afficher (à l'église) deux copies d'un arrêté fixant les heures des offices de chacun de ceux qui voulaient exercer leur culte (5 prairial an VIII).

Jean-François Poirson, nommé desservant à Landaville par l'évêque de Nancy, fut installé, en cette qualité, le 27 pluviôse an XI, après avoir prêté serment entre les mains du sous-préfet.

Rappelons qu'une nouvelle organisation administrative, financière et judiciaire avait été donnée à la France par le gouvernement consulaire. Ainsi, l'administration des départements était confiée à des préfets et celle des arrondissements à des sous-préfets, auxquels appartenait la nomination des maires.

Le conseil municipal, réuni le 28 vendémiaire an XII, en vertu d'un arrêté des consuls, « estime que, pour concilier

les intérêts de la commune qui a des charges considérables
avec les besoins du pasteur qui doit trouver dans l'augmentation du traitement les moyens de vivre honorablement et
d'exercer la bienfaisance envers la classe malheureuse, il
convient de lui accorder un supplément de traitement de
300 francs. »

Les dettes communales s'élevaient alors à 6,216 francs.

Les dépenses extraordinaires du culte sont évaluées à
1,624 fr. et les dépenses annuelles à 608 fr., non compris
le prix de location d'une maison destinée au logement de
M. le curé.

Afin d'éviter une imposition additionnelle, les conseillers
émettent l'avis qu'il y aurait lieu de louer, au profit de la
commune, une partie des terrains communaux qui ont été
partagés et dont on provoquerait, pour ce cas, « la relaisse
en la forme ordinaire. » Si, contre toute attente, la mesure
proposée ne pouvait s'exécuter, on répartirait annuellement
le montant du déficit sur tous les détenteurs de pâtis, en
prenant, pour base de la répartition, le revenu net de chaque
parcelle, revenu qui serait déterminé par les répartiteurs.

Du même jour : « Le Conseil, considérant qu'il n'existe
dans le village aucun boucher, qu'il n'y a qu'un seul cabaretier dont le débit est *minutieux* (sic)...», refuse l'établissement d'un octroi à Landaville.

Le 15 fructidor an XII, le maire certifie que dix conseillers municipaux ont juré obéissance aux constitutions de
l'empire et fidélité à l'empereur.

La dernière délibération, inscrite au registre avec une

Du 11 novembre 1799 au 18 mai 1804, Consulat. — 14 juin 1800, victoire de Marengo. — 3 décembre 1800, victoire de Hohenlinden. — Février
1801, traité de Lunéville. — Mars 1802, paix d'Amiens.

date du calendrier républicain, est du 8 messidor an XIII
de la *République française.*

Elle nous apprend qu'un arrêté du Conseil de préfecture
a réintégré la commune dans la possession de ses pâtis et
qu'à l'exception des pâtis de Nassaupré et de la tête des
Grands pâtis, qui sont réservés pour la vaine pâture, tous
les autres *communaux* seront divisés en autant de lots qu'il
y a de « corps de ménage ».

En l'an XIV (1805), sept manœuvres désignés par le sort,
sur vingt-deux qui avaient pris part au tirage, partirent de
Landaville pour aller travailler au fort de Kehl. Au départ,
ils reçurent cinquante centimes de chacun de leurs collègues
et autant par quinzaine, durant toute leur absence.

Des nominations de gardes champêtres (un pour chaque
hameau et pour une année avec un traitement de quinze
francs) ; des concessions de parcelles de terrain communal
pour bâtir ; la désignation d'un expert chargé d'évaluer le
revenu net des propriétés, conjointement avec les délégués des
communes voisines, — on procédait alors à l'établissement
du cadastre, — tels sont les principaux actes du Conseil
municipal jusqu'en 1812.

Sur la fin de l'an mil huit cent treize, le sol de la patrie
fut envahi ; comme autrefois au temps de la Grande Invasion,
un grand empire fut détruit ; « alors aussi, cent peuples
divers, victorieux après de nombreuses défaites, mirent le

pied sur la tête des Gaulois en disant : « Malheur aux vaincus ! »[1]

Le 17 janvier 1814, l'ennemi arriva à Landaville. Il fallut fournir immédiatement trois vaches et cinq mesures d'eau-de-vie ; puis trois cents livres de pain, dix resaux d'avoine, mille livres de paille et encore deux mesures et demie d'eau-de-vie. Le même jour, le maire de Rouvres, accompagné de quatre cosaques, emmena quatre voitures attelées ; deux jours après, il revint chercher six voitures attelées de quatre chevaux chacune et quatre chevaux de trait en plus.

Tous ces chevaux furent perdus.

Quinze resaux d'avoine, trois mille livres de foin furent fournis le 20 janvier.

Le 24 janvier, on conduisit à Neufchâteau trois bœufs, deux mille livres de foin, quinze cents livres de paille, cinq cents livres de pain, quinze volailles, dix mesures de vin, trois mesures d'eau-de-vie et quinze resaux d'avoine, puis neuf cents livres de pain au camp de Bazoilles. En outre, six voitures devaient transporter du bois de l'Etanche à Neufchâteau.

Ce qu'on ne pouvait fournir, il fallait en payer le prix sur-le-champ.

31 janvier, nouveau départ de quatre voitures attelées.

Le 1er février, la commune livra trente quintaux de farine, vingt-cinq quintaux de blé, vingt quintaux d'avoine,

---

[1] Voir *Les Frontières de la France*, par Théophile Lavallée.

2 décembre 1804, sacre de Napoléon 1er. — 2 décembre 1805, victoire d'Austerlitz. — 14 octobre 1806, victoire d'Iéna. — 6 juillet 1809, victoire de Wagram. — Fin 1812, retraite de Russie. — 19 octobre 1813, bataille de Leipsick.

cinquante-cinq paires de souliers, deux paires de bottes et trente-huit chemises.

Le 3 février, cinq voitures ; le 5, quatre mille livres de paille ; le 15, deux voitures ; le 8 avril, trois mille livres de paille furent enlevées, ainsi que deux lits complets.

Le général en chef « pour le service des puissances alliées » exigeait à la date du 6 février, pour le 10, une somme de 3,046 fr., représentant le prix de différentes fournitures (drap vert, cuir, toile, futailles, sacs, fers à cheval, clous, etc.); disons cependant, à ce sujet, qu'une indemnité de 1,691 francs fut accordée plus tard aux habitants.

Conformément à un arrêté du général en chef, « comte de Vrède », le Conseil municipal nomma « un jury d'équité » chargé de faire les décomptes partiels (18 mars).

24 mai, « au nom du roi de France », réquisition de trois cents livres de viande, douze resaux d'avoine et trois mille livres de foin en sus de deux cent cinquante livres de viande demandées la veille.

Cette réquisition est la dernière pour 1814. Mais, hélas ! une seconde invasion, pire que la première, eut lieu en 1815.

Sans nous écarter du plan que nous nous sommes tracé, nous pouvons rappeler, en quelques mots, les principaux événements de cette époque, en rapportant simplement les différents serments que la municipalité dut prêter.

Le 5 mars 1815, cinq conseillers municipaux, nommés en vertu d'un arrêté préfectoral, juraient obéissance et fidélité au roi Louis XVIII.

A ce moment, Napoléon marchait sur Paris.

Le 21 juin, le maire et l'adjoint promettaient obéissance aux constitutions de l'empire et fidélité à l'empereur.

L'empire venait d'être vaincu à Waterloo (18 juin 1815).

Par suite d'un ordre du général, gouverneur provisoire du département des Vosges, les fonctionnaires furent obligés de jurer fidélité et obéissance aux hautes puissances alliées.

Voici, sommairement, l'état des réquisitions de 1815, tel que nous avons pu nous le procurer pour notre commune :

25 juin 1815, dix quintaux de blé et trois quintaux de seigle.

4 juillet, dix quintaux de blé et trois quintaux de seigle. Le maire est autorisé à faire l'achat de ce qu'on ne pourra trouver dans le village.

5 juillet, quatre cents livres de pain, trois cents livres de viande, vingt resaux d'avoine, deux mille livres de foin, autant de paille, cinq mesures de vin, deux voitures de bois.

Les 6 et 7 juillet, deux détachements de cuirassiers autrichiens enlevèrent vingt-trois vaches, cinquante-huit resaux d'avoine, cinq mille livres de pain, soixante-dix mesures de vin, cent livres de lard, seize mille livres de foin et quatre voitures de bois, et ce n'est pas tout, il y eut encore, pendant ces deux jours, d'autres réquisitions dont nous n'avons pas les chiffres exacts. Dans la nuit du 6 au 7, deux vaches furent volées [1].

Le 11 juillet, des soldats wurtembergeois séjournèrent à Landaville et « détruisirent » sept vaches et un veau. Les officiers logèrent au château appartenant à M. Maye.

A partir du 6 août, la commune fut obligée de nourrir une partie des Bavarois campés à Bazoilles, ce qui lui coûtait

[1] L'état des pertes, subies de vive force en 1815, mentionne 28 vaches et 18 chevaux, à Landaville.

cent francs tous les cinq jours, et les réquisitions conti-
nuaient toujours : nous pourrions encore en citer quatorze !

Selon une délibération du 8 septembre 1815, ces fournitures avaient tellement épuisé le peu de ressources des
habitants de Landaville que presque tous se trouvèrent
réduits à la dernière misère.

1816 et 1817 furent de tristes années, surtout 1817
qui, si nous en croyons une relation de ce temps, « fut
une des plus cruelles à passer... que la mémoire ait jamais
pu fournir. La disette des grains commença à se faire sentir
vers le mois d'avril et la misère était à son comble dans les
commencements de juin. » Le resal de blé se vendit jusque
120 fr.; l'orge, 70 fr., l'avoine, 50 fr. Comme en 1816, on
ne vendangea pas : « les raisins gelèrent dans les vignes. »

C'est en cette année que le presbytère fut racheté à
M. Vivenot, percepteur de la réunion de Beaufremont, pour
5.400 francs,

Le 3 février 1819, un arrêté municipal interdit aux marchands de vin, cabaretiers, cafetiers, de donner à manger, à
boire, à jouer les dimanches et fêtes pendant l'office divin,
conformément à un arrêt du Parlement, en date du 5 janvier 1703, et d'après les dispositions d'un édit du prince
de Lorraine, du 28 mai 1723 et d'un arrêté préfectoral du
16 août 1814.

En 1822, la moisson des blés commença dès les premiers
jours de juillet ; cette récolte fut assez abondante. La ven-
dange s'annonçait comme devant être exceptionnelle : il y
avait beaucoup de raisins, tous très beaux. Malheureusement
un orage accompagné de grêle éclata le 29 juillet, vers
cinq heures du soir, et détruisit toutes les espérances.

Il s'était d'abord dirigé du sud-ouest au nord-est ; mais

un vent du nord s'étant mis sur pied le ramena sur Landaville et les environs.

Tout ce qui restait d'avoine et d'orge fut confondu ; on ne distinguait plus les champs moissonnés de ceux qui ne l'étaient pas. Il n'y eut pas un seul raisin de reste ; les ceps furent hachés comme avec des taillants. Les grêlons étaient presque tous comme des œufs de poule, les plus petits comme des noix ; « on en vit de la grosseur d'une boule avec laquelle on joue aux quilles, et tous, tant petits que gros, avaient des pointes. » Beaucoup de personnes qui étaient à la campagne furent blessées. Des vitres furent cassées *totalement*. Les toitures furent endommagées. Cet orage dura six minutes au plus. (D'après plusieurs notes inscrites au registre des actes de la municipalité.)

A l'occasion du sacre de Charles X, on distribua quatre cent seize francs « en différents genres ». — 30 mai 1825.

Le 15 février 1826, le Conseil prit une délibération tendant à obtenir une sonnerie de trois cloches. Dépense approximative : 7.000 fr.

En 1828, la grêle causa des dégats évalués à 5,468 fr.

La Révolution de 1830 ayant porté au trône le duc d'Orléans (Louis-Philippe), les autorités municipales furent invitées à jurer fidélité au roi des Français, observance à la charte constitutionnelle et aux lois du royaume. Ici, on prêta serment le 9 septembre 1830.

A la suite de la réorganisation de la garde nationale, Landaville devint le chef-lieu du 2ᵉ Bataillon cantonal de Neufchâteau, qui comprenait : Landaville, Tilleux, Certilleux, Circourt, Sartes, Pompierre, Jainvillotte, Beaufremont et Lemmecourt. Le drapeau tricolore du bataillon est encore à la mairie.

Dans la séance du 15 mai 1831, les Conseillers municipaux décidèrent qu'il serait construit une école de garçons, une école de filles et une salle de mairie, et que l'on ferait ensuite l'acquisition d'une pompe à incendie ; « la vente des quarts en réserve pouvant produire la somme de 20.000 fr., suffisante pour acquitter toutes les dépenses. »

La construction de la maison commune (écoles et salle de mairie) eut lieu en 1832. Une pompe fut acquise en 1834, l'autre en 1877.

Lorsqu'en 1832, l'effroyable invasion du choléra fut connue, le maire de Landaville prit aussitôt des mesures qui témoignent de sa sollicitude pour la santé de ses administrés. Il ordonna d'enlever tous les fumiers, de nettoyer toutes les mares d'eau, d'approprier les maisons, de laver les planchers et les fenêtres, au moins une fois par semaine, de donner de l'air aux habitations dès le matin, et, pour rassurer la population, il fit annoncer que si toutes ces précautions étaient bien exécutées, on éviterait certainement le choléra.

En 1837, il fut décidé que les terrains communaux « restés en commun » seraient partagés à vie entre tous les chefs de famille, sans qu'aucun d'eux pût aliéner la portion qui lui écherrait au tirage au sort. Le partage eut lieu l'année suivante entre cent-quatre-vingt-huit *ayant-droit*, moyennant une redevance annuelle de quatre francs, non compris les contributions [1].

Dans une séance du 12 mai 1839, le Conseil municipal vota une somme de 35 fr. 65 c. (0 fr. 05 c. par habitant), en faveur d'un projet de réunion de la Méditerranée à la

---

[1] Dix-huit ans après, les terrains ainsi partagés furent remis en location.

mer du Nord, par la canalisation de la Meuse et sa jonction avec la Saône.

Dès maintenant, nous citerons simplement, sous forme d'éphémérides, les *principaux*[1] événements survenus à Landaville, depuis 1840.

29 mai 1841. — Violent orage dont on a gardé le souvenir. Plusieurs animaux périrent dans les champs, notamment des moutons.

Une somme de 2.035 fr. fut accordée à titre de secours et 571 fr. 66 c. furent remis sur les contributions des différentes personnes qui avaient été le plus éprouvées.

25 mars 1848. — Les conseils municipaux de Landaville et de Tilleux, réunis extraordinairement, décidèrent qu'un délégué, représentant les deux communes, serait envoyé à Epinal pour concourir à la formation de la liste des Constituants. Le gouvernement de Louis-Philippe avait été renversé à propos de la réforme électorale qu'il n'avait pas voulu opérer. Pour être électeur, il fallait payer 200 fr. de contributions. La seconde République qui établit le suffrage universel, dura jusqu'en 1852. Alors commença le second empire.

29 mai 1849. — Inondation produite par un orage. Deux

---

[1] Il nous faudrait plus d'un volume pour énumérer tous les faits qui nous ont été racontés ainsi que tous les renseignements que nous avons recueillis sur l'époque contemporaine.

femmes furent noyées, dans leur maison, sans qu'on pût leur porter secours. Une délibération du 14 novembre 1850 dit que les habitants se fatiguent de travailler au rétablissement des chemins ruraux rendus impraticables par le « terrible orage du 29 mai 1849. » L'Etat accorda 776 fr. à la commune.

5 mai 1851. — Vote de 14.332 fr. 44 à l'effet d'amener de nouvelles sources au village.

1854. — Les frais occasionnés à la commune par le choléra s'élevèrent à 911 fr. 60 c. Les victimes furent plus nombreuses qu'en 1832.

1855. — Vote de 50 francs pour l'érection d'une statue à Jeanne d'Arc, sur l'une des places de Neufchâteau.

1866. — Construction d'une nouvelle salle de mairie. Reconstruction du pont sur le ruisseau venant d'Aulnois.

1868. — Achat d'une horloge communale. Etablissement d'un campanile avec timbre, sur la maison commune.

1870. — Il nous faut encore une fois parler de l'invasion. A la suite de la déclaration de guerre faite à la Prusse, l'empire fut vaincu en plusieurs rencontres. Napoléon III ayant capitulé à Sedan, la République fut proclamée. La guerre continua néanmoins et se termina par un traité de paix en vertu duquel la France dut céder à l'Allemagne l'Alsace, une partie de la Lorraine, y compris Metz, et payer une rançon de cinq milliards. Nous ne pouvons donner, pour Landaville, que quelques indications sur cette triste et douloureuse époque dont tous nos concitoyens, d'ailleurs, ont conservé le souvenir.

9 avril 1871. — Etat dressé par ordre du commissaire alle-

mand, administrateur des finances en Lorraine. — La commune a payé :

1° Pour dédommager les nationaux allemands expulsés, 1.230 francs ;

2° En raison de la destruction du pont de Fontenoy, 1.698 fr. ;

3° Pour amélioration du traitement des officiers allemands, 3.562 fr. ;

4° Pour contributions extraordinaires, 3.562 fr. ;

5° Pour frais d'exécution, 237 fr. 46 c.

31 octobre 1871. — Le Conseil municipal, réuni extraordinairement, arrête ainsi qu'il suit le compte de gestion du maire, pendant l'occupation allemande (depuis le 2 octobre 1870 jusqu'au 30 avril 1871) :

	fr.	c.
Contributions exigées .	9.980	78
Réquisitions en nature.	1.419	22
— — .	2.010	»»
2 chevaux et 2 chariots perdus	700	»»
Autres frais.	90	»»
Total. . .	14.200	»»
A déduire.	1.500	»» qui ont été remis.

La commune redoit . . 12.700 »» qui ont été empruntés à différents particuliers. L'état général relatif au logement des troupes allemandes s'élève à 8,623 journées.

11 mars 1873. — Vote de 20 fr. pour élever un monument à la mémoire de tous les Vosgiens morts victimes de la guerre de 1870-71.

5 juillet 1875. — Le Conseil décide qu'une somme de 100 fr. sera prélevée sur les revenus communaux, en faveur

des inondés du Midi. Même décision, en 1877, pour la statue de M. Thiers, à Nancy.

7 décembre 1879. — L'hiver s'annonçant avec une rigueur exceptionnelle, trois cents francs sont votés pour venir en aide aux malheureux de la commune. Les dégâts causés à l'agriculture par les froids de cet hiver sont évalués, dans une statistique, à dix mille francs pour Landaville. Beaucoup d'arbres périrent, surtout les noyers.

28 décembre 1879. — Une somme de mille francs est destinée à procurer de l'ouvrage aux ouvriers du lieu.

14 juillet 1880. — Le Conseil municipal avait pris des mesures de manière que chacun pût « fêter le grand jour de la fête nationale. »

Depuis ce moment, un crédit est inscrit chaque année au budget sous l'article : « Fête nationale ».

10 février 1881. — La municipalité estime qu'il faudra bien mille francs pour réparer les chemins ruraux qui ont été dévastés par des « pluies torrentielles. »

7 juillet 1882. — Une subvention de douze mille francs est accordée à la Compagnie des chemins de fer de l'Est pour l'établissement d'une halte à Landaville, sur la ligne de Neufchâteau à Epinal. Cette halte fut ouverte au public le 25 avril 1883.

21 mars 1886. — Le Conseil municipal vote neuf cents francs pour le renouvellement du mobilier scolaire [1].

---

[1] D'autres votes seront signalés dans des chapitres spéciaux. — Nous faisons laisser quelques pages en blanc, afin que chacun, dans le village, puisse continuer l'histoire de la commune. — Les listes, que nous donnerons, pourront de même être continuées.

SERVICE MILITAIRE

Ceux qui pieusement sont morts pour la Patrie
Ont droit qu'à leur cercueil la foule vienne et prie.
Entre les plus beaux noms leur nom est le plus beau.
Toute gloire près d'eux passe et tombe éphémère ;
Et, comme ferait une mère,
La voix d'un peuple entier les berce en leur tombeau !
Gloire à notre France éternelle !
Gloire à ceux qui sont morts pour elle !
Aux martyrs ! aux vaillants ! aux forts !
A ceux qu'enflamme leur exemple,
Qui veulent prendre place au temple,
Et qui mourront comme ils sont morts.

VICTOR HUGO.

C'est en faisant réciter cet hymne à nos élèves que la pensée nous vint de placer ici le tableau — *aussi complet que possible* — des soldats (de Landaville) morts au service du pays :

Charles Godard, de Médonville, aide-caporal à la 8ᵉ compagnie du 1ᵉʳ bataillon des Vosges, et Paul Munier, d'Aulnois, volontaire au même bataillon, certifient (9 thermidor an V) que, dans le courant d'avril 1793, ils ont conduit le citoyen Félix Ternet, volontaire de Landaville, à l'hôpital ambulant du camp de Limbat « et depuis ce moment la compagnie n'en a reçu aucune nouvelle. Ledit Ternet avait été roué sous une voyture de canon. » Était fils de Hubert-Vital et de Marie Gouttière ; né le 1ᵉʳ novembre 1769.

Claude Bichon, natif de Landaville, sergent au 12ᵉ bataillon des Vosges, compagnie n° 5, prisonnier de guerre, noyé dans le Rhin le 20 frimaire an IV, au passage de ce fleuve en revenant de Hongrie. (D'après son acte de décès dressé à Strasbourg le 22 frimaire.) Fils de Nicolas et de Marguerite Gaudez ; né le 14 août 1771.

Claude Jacquot, fils de Joseph et de Marie-Anne Thirion, né le 12 mars 1776, fusilier au 29ᵉ régiment d'infanterie de ligne, décédé le 8 frimaire an XIV, à Vérone, par suite de blessures.

Nicolas Lallemand, fils de Claude-Hubert et de Marie-Catherine Gérard, né à Landaville, chasseur au 9ᵉ régiment d'infanterie légère, tué le 14 juin 1807 à Friedland.

Joseph Maillard, caporal au 7ᵉ régiment d'infanterie légère, né à Landaville, décédé le 14 avril 1814 à Huningue.

Nicolas Fort, de Landaville, voltigeur au régiment des voltigeurs de la garde, décédé le 14 décembre 1813, à Libourne, par suite de blessures ; né le 1ᵉʳ mai 1786, fils de Jean-Baptiste et de Barbe Mulot.

A ces noms, ajoutons les suivants qui concernent des militaires, de Landaville, morts pendant les guerres de la Révolution ou du premier Empire, et sur le décès desquels nous manquons de renseignements précis :

Joseph Ternet, né le 15 mars 1770, fils de Roch et d'Anne Raould.

Nicolas Dieudonné, volontaire, né le 17 janvier 1769, fils de Claude et de Françoise Courtier.

Etienne Noël, volontaire, né le 25 décembre 1769, fils de Laurent et de Thérèse Méon.

François Ruellet, né le 13 octobre 1775, fils de Jean et de Marie-Anne Maillard.

Deux fils de Claude Gaudez et de Marie-Anne Ringue.

Claude Billet, fils de François et de Anne Thouvenin, mort à Leipsig, d'après ce qui nous a été dit.

Jean-Toussaint Lautel, né le 1ᵉʳ novembre 1789, fils de Claude-Hubert et de Reine Petit, mort en Espagne.

Un fils de Claude-François Raould et de Marguerite Piroué.

Un frère de Nicolas Fort que nous venons de signaler (Jean).

Deux fils de Charles Maillard et de Marie Noël (Claude et Nicolas).

Un fils de Clément Lautel et de Marie Maillard.

Joseph Martin, fils de Joseph et de Marie-Gabrielle Chaudron.

Un fils de Paul-François-Morel et de Jeanne-Catherine Thouvenel.

François Larminaux, Claude Ringue, Joseph Brulet, Joseph Roussel.... et, sans doute, d'autres aussi que nous ne connaissons pas.

Maintenant, c'est d'après les transcriptions des registres de l'état-civil que nous signalons les noms suivants :

Mansuy Maillard (dit Paul), âgé de 38 ans, fils de Jean-Claude et de Françoise Roussel, natif de Landaville, sergent à la 3ᵉ compagnie de voltigeurs, 17ᵉ régiment d'infanterie légère, décédé à la Casbah de Bône, à la suite de l'explosion d'une poudrière, le 30 janvier 1837.

Joseph Zéler, fusilier au 26ᵉ régiment d'infanterie, 3ᵉ bataillon, 3ᵉ compagnie, né le 11 décembre 1820, à Rouvres, fils de François et de Catherine Ambroise, décédé le 9 février 1843, à Milianah.

Joseph Lautel, sapeur à la 3ᵉ compagnie, 1ᵉʳ bataillon du 3ᵉ régiment du génie, né le 8 août 1822, fils de Siméon-Félix et de Marie-Madeleine Lassaux, mort à Ténès (Afrique) le 26 juillet 1846.

Charles-Claude Maillard, né le 22 octobre 1820, fils de François et de Anne Maire, sergent à la 13ᵉ compagnie du

2ᵉ régiment d'infanterie de marine, décédé à Saint-Pierre (Martinique) le 25 novembre 1852.

Jean Bogard, cavalier au 8ᵉ escadron du 4ᵉ régiment de chasseurs d'Afrique, né le 27 juillet 1832 à Landaville, fils de Joseph et de Marguerite-Julie Mordaing, décédé le 26 octobre 1855 à Mostaganem.

Pierre Billet, fusilier au 96ᵉ de ligne, 1ᵉʳ bataillon, 2ᵉ compagnie, fils de Jean-Paul et de Agathe Martin, tué devant Sébastopol le 12 avril 1855, étant de garde à la tranchée.

Louis Larcher, fusilier à la 2ᵉ compagnie du 1ᵉʳ bataillon du 28ᵉ régiment d'infanterie de ligne, né le 28 juillet 1832, fils de Joseph et de Anne Arnould, décédé le 17 juin 1855 devant Sébastopol.

Nicolas-Etienne Larcher, grenadier au 31ᵉ régiment de ligne, né le 25 juillet 1831, fils de Nicolas et de Marie-Louise Bichon, décédé le 6 mars 1856 à Constantinople.

François Lautel, soldat au 83ᵉ de ligne, 5ᵉ compagnie, âgé de vingt ans, fils de Charles et de Françoise Roussel, décédé à Riom le 10 novembre 1870.

Félix-Alexandre Ternet, fils de Jean-Baptiste et de Marie Mounot, né le 9 février 1846, garde mobile au 58ᵉ régiment de marche, décédé le 12 janvier 1871, à St-Ferjeux (canton de Villersexel).

Joseph-Jules Crepet, fils de Joseph-François et de Marie-Thérèse François, né le 20 novembre 1850, soldat au 50ᵉ régiment de ligne, décédé le 14 mai 1871, à Landaville, des suites de la guerre de 1870.

Nous transcrivons, à la suite de ce tableau, les renseignements que nous avons recueillis sur les volontaires de 1791 et de 1792 ainsi que sur l'organisation des Légions à cette époque, en ce qui se rapporte, bien entendu, à notre commune.

Notes relevées aux *Archives des Vosges* :

« Liste contenant le nombre des citoyens et fils de citoyens qui se sont fait enregistrer dans chaque municipalité du district de Neufchâteau, en exécution du décret de l'Assemblée nationale, du 21 juin 1791…. Landaville haut et bas : 3. »

Le 20 mai 1792, en l'église des Augustines de Neufchâteau, Collin, commandant en chef de la garde nationale (canton de Beaufremont) et Gérard, capitaine, tous deux de Landaville, prirent part à l'élection du chef, de l'adjudant et du sous-adjudant général de la Légion du district.

Selon le procès-verbal de la formation du second bataillon [1] de volontaires du district de Neufchâteau, en date du

---

[1] Nommé plus tard le 12°.

4 août 1792, faisaient partie de la 5ᵉ compagnie : Claude Bichon, sergent, Claude Lautel et Nicolas Petit, caporaux, tous les trois de Landaville.

Nicolas Petit devint lieutenant à la 74ᵉ demi-brigade ; il mourut le 29 thermidor, an V, à l'âge de 32 ans, étant en congé à Landaville. Il était fils de Toussaint Petit, menuisier, et de Thérèse Gérard. Ce doit être le même que celui qui figure dans l'ouvrage de M. Félix Bouvier, les *Vosges pendant la Révolution*, comme sous-lieutenant à la compagnie des canonniers du 12ᵉ bataillon.

Nous avons copié ce qui suit dans un état *provisoire* établi à Mirecourt le 1ᵉʳ septembre 1793, « conformément aux réquisitions du représentant du peuple » :

2ᵉ bataillon agricole du district de Neufchâteau. — 1ʳᵉ compagnie. François Collin, capitaine ; André Ringue, lieutenant ; Mansuy Maillard, caporal ; Elophe Mamelet, Joseph Martin, Charles Lallemand, Jean-Joseph Gaudez, Ignace Barrois, François Bichon, Claude-Etienne Noël, Joseph Ternet, Claude Ringue, Joseph Gaudez, Joseph Ringue, François Billet, Pierre Billet, Hubert Bogard, François Molard, Jean Lautel, Claude-Hubert Maillard, François Ringue, Jean-Nicolas Larcher, tous de Landaville.

En l'an II, Joseph Ternet était sergent, et Claude Ringue, caporal-fourrier à la 9ᵉ compagnie du 15ᵉ bataillon des Vosges.

D'après certaines désignations extraites de différentes pièces de la mairie, seraient partis commes volontaires :

Le frère de Claude Maillard (Antoine Maillard) ; le fils ou les fils de Louis Ringue (Joseph et Claude ?) ; de Claude Dieudonné et de Françoise Courtier (Nicolas) ; de Charles Brulet, tambour de la garde nationale (Joseph Brulet) ; de

Jean Barrois ; de Marie Guillet, veuve de Paul Denez (Jean Denez, au 12e bataillon des Vosges); de Barbe Pierre, veuve de François Billet (Jean Billet, au 12e bataillon) ; de Laurent Noël et de Thérèse Méon (Etienne ou Claude-Etienne); de Antoine Roussel (Joseph Roussel, plus tard caporal à la 207e demi-brigade), de Hubert-Vital Ternet (Félix); de Roch Ternet et d'Anne Raould (Joseph); de Jean Bogard (Hubert Bogard, caporal au 12e bataillon). En 1810, Jean Ternet, « jeune marié ayant fait dix-huit ans de service » obtint un terrain communal « pour bâtir », était frère de Joseph Ternet. Voici aussi quelques noms concernant des soldats de la première République : François Colnet, Hubert Corel, Hubert Massaux, François Maillard, François Thirion...., etc.

En l'an IV, Claude Billet, âgé de 33 ans, était « soldat depuis 16 ans. »

Le 2 brumaire an IV, on nomme François Larminaux pour faire partie de la garde départementale près le Corps législatif. Nos indications sont certainement bien incomplètes ; mais les moyens de vérification nous ayant fait défaut, il nous a été impossible de faire mieux, ce que nous regrettons.

Nous ferons observer qu'après 1792, on continua à appeler *volontaires* les jeunes gens réquisitionnés pour la défense de la Patrie.

Eu égard à sa population, Landaville a donné jusqu'alors à la France, un nombre assez élevé de défenseurs[1].

[1] De 1871 à 1886, nous avons compté 61 conscrits. Sur ce nombre, onze ont été exempts du service militaire.

En général, les militaires, de cette commune, se sont toujours fait remarquer par leur esprit de discipline et leur bonne conduite, et, en maintes circonstances, par leur courage et leur patriotisme. A cet égard, nous devons une mention particulière aux officiers *originaires* de Landaville [1].

Nicolas Petit, lieutenant d'artillerie, né le 28 novembre 1765, déjà cité.

On nous a parlé d'un fils Billet qui serait devenu officier sous la Convention et dont on n'aurait plus eu aucune nouvelle ; nous n'avons trouvé, en ce sens, aucune trace de ce nom.

Blaise-Elophe Génin, né le 3 février 1780, fils de Jean-François et de Thérèse Lautel, sous-lieutenant au 2e bataillon du 3e régiment d'infanterie légère. Rentré en demi-solde le 31 juillet 1814, décédé le 8 mars 1842.

Antoine-François Raould, né le 16 septembre 1816, fils de Arsène-François et de Marguerite Brenel, chevalier de la Légion d'honneur, capitaine au 1er régiment d'infanterie de ligne, aujourd'hui en retraite à Mont-de-Marsan.

Jacques Billet, lieutenant au 65e régiment d'infanterie de ligne, fils de Pacôme-Jean-Joseph et de Marie-Catherine Mangin, né le 6 septembre 1820, décédé le 21 novembre 1856, à Armentières.

François Mordaing, né le 5 janvier 1831, fils de Nicolas-François et de Marie-Catherine Morel, décoré de la médaille militaire, chevalier de la Légion d'honneur, ancien capitaine à la Légion étrangère, actuellement capitaine-major au 116e régiment territorial d'infanterie, à Ajaccio.

Charles-Jules Bogard, né le 2 juin 1837, fils de Jean

[1] Nous ne pouvons donner ici que quelques indications sur chacun de ces Messieurs; mais nous déposerons à la mairie les états de services que nous avons pu nous procurer ou qui nous seront remis.

et de Marie Mamelet, chevalier de la Légion d'honneur, capitaine-commandant au 9ᵉ cuirassiers, à Lyon.

Emile-François-Marie Amiot, né le 23 novembre 1851, fils de Nicolas et de Catherine Mordaing, lieutenant au 3ᵉ régiment d'infanterie de ligne, à Marseille.

CULTE

Tout ce que nous avons découvert d'important en ce qui concerne l'exercice du culte catholique à Landaville, les droits et prérogatives des curés, l'église et le presbytère a été relaté dans le cours de la notice historique. Il ne nous reste qu'à donner la liste des curés de Landaville, à peu près telle qu'elle a été établie par M. Mourot, ancien curé de cette paroisse, aujourd'hui à Viocourt.

Vers 1513, Jean Poirot, doyen du prieuré de Châtenois, curé de Landaville et de Certilleux, successeur de Jean Bogard.

Sur la fin du xvie siècle, M. Hacourt.

Vers 1633, Pierre Contal.

Vers 1653, Claude Tarteron.

1671 à 1688, Jean Rousselot.

1688 à 1693, Jean-Charles Mesgnin.

1693 à 1701, Jean Rousselot.

Jean Martel, du 18 mars 1701 au 13 octobre 1701.

1701 à 1744, J. Bigeon. Vers la fin de 1742, il eut pour vicaire J. Lambert, puis Claude Bigeon qui administra en attendant l'arrivée de M. Cacheux.

1744 à 1772, André Cacheux. J. Génin fut son vicaire pendant quelque temps ; M. Ferry administra dans l'intervalle.

1772 à 1791, Jean-Baptiste Thouvenin.

1791 à 1793, Claude-Joseph Antoine, prêtre constitutionnel. Intervalle de dix années.

1803 à 1816, Jean-François Poirson.

Avant et après lui parurent comme administrateurs le

Frère Victorin et, en 1816, l'abbé Etienne, curé de Rouvres et ex-vicaire de Beaufremont.

Ces deux prêtres trouvèrent un asile pendant la Révolution à Chèvre-Roche, ainsi que le père Sigisbert et M. Beurlot d'Aulnois.

1816 à 1820, Antoine Clément.

1820 à 1862, Dominique Liébaut.

1862 à 1879, E.-Hippolyte Mourot.

1879 à 1880, Hippolyte Drouin.

1880......., Edgar Benoit.

Note. — Aprés la Révolution, les communes de Tilleux et de Certilleux firent partie de la paroisse de Landaville jusqu'en 1830.

Evêché de St-Dié depuis 1824. Avant la Révolution, un évêché de St-Dié avait été créé ; mais il ne comprenait pas toutes les communes qui composent aujourd'hui le département des Vosges.

INSTRUCTION PRIMAIRE

> « Instruis-toi, mon enfant, tâche
> de devenir un homme, car celui qui
> ne sait rien est trop misérable... »
>
> ERCKMANN-CHATRIAN. — *Histoire
> d'un paysan.*

Autrefois, dans le diocèse de Toul, auquel appartenait Landaville, chaque paroisse était tenue d'avoir un maître d'école pour chanter et servir à l'église avec le sieur curé, comme aussi pour enseigner les enfants. (Ordonnance épiscopale du 8 mai 1669) [1].

En 1695, M. de Bissy, évêque de Toul, publia un règlement scolaire [2].

Il défendait expressément aux maîtres d'école d'exercer aucun office de procureur, sergent, cabaretier, joueur de violon ou autres incompatibles avec leurs fonctions. — Les maîtres auront grand soin, dit-il, de s'abstenir de tout ce qui peut scandaliser les enfants et leur donner mauvais exemple. Ils ne leur donneront ni coups ni soufflets, voulant qu'ils les enseignent avec douceur et charité ; lorsqu'ils seront obligés de les châtier, que ce soit avec modération.

L'école devait être ouverte tout le temps que les gens de

---

[1] On peut consulter utilement, à ce sujet, les différents *Annuaires de l'instruction publique dans les Vosges*, par Ch. Merlin, notamment ceux de 1877, de 1878 et de 1887, ainsi que l'ouvrage de M. Mangeonjean, inspecteur primaire : *Les écoles primaires avant la Révolution de 1789 dans la région des Vosges formant aujourd'hui l'arrondissement de Remiremont.*

[2] Voir *l'Histoire du diocèse de Toul*, par l'abbé Guillaume. M. Chapier fils, négociant à Neufchâteau, a bien voulu nous prêter cet ouvrage. Nous devons aussi des remerciements à M. Marsal, professeur, qui a mis obligeamment à notre disposition certains ouvrages historiques appartenant à la ville de Neufchâteau dont il est actuellement le bibliothécaire.

la campagne pourraient y envoyer leurs enfants, surtout depuis la Toussaint jusque Pâques.

A Landaville-le-Haut, il y avait un *régent des écoles* (c'était le chantre) et à Landaville-le-Bas, un *régent des petites écoles* qui était en quelque sorte le sous-maître du premier.

Pour avoir le droit de faire la classe, il fallait passer un examen très sommaire devant une personne désignée par l'évêque. Celui qui avait ainsi obtenu l'*approbation* ou permission d'enseigner, « se présentait, nous dit M. l'abbé Mathieu, dans un village où une place était vacante, le jour où on devait choisir le titulaire. Là il chantait, montrait son écriture et tous ses autres talents, exhibait ses recommandations, et, s'il était agréé, signait le traité qui déterminait ses engagements et sa rétribution. »

Dans une « déclaration des rétributions, gages, honoraires du maître d'école de la paroisse de Landaville (écrite le 1er juillet 1696) du consentement et vouloir de M. de Ximènes, premier commandant des armées de France aux Pays-Bas, seigneur de Landaville », M. Jean Rousselot, curé de Landaville affirme et déclare que « les sieurs décimateurs doivent tirer les trois plus gros laboureurs et le maître d'école en prend un, à sa volonté, dans toute la paroisse. Il a la grosse dîme et la menue dîme de sa charrue, aussi le rédîme dans toutes les menues dîmes avec le curé, à la réserve des raisins. »

M. Rousselot ajoute que cela s'est pratiqué ainsi « de tout temps immémorial dans la paroisse »

Une semblable déclaration portant la date du 17 juillet 1741, est signée : « Joseph Milot, cy-devant agent à feu M. le comte de Taxis. »

Vers 1750, une fondation pour l'éducation des enfants

pauvres de Landaville fut faite par « Mlle Didelot. »
L'acte dut être renouvelé le 26 mars 1771, par devant
Me Guinet, notaire royal à Neufchâteau et confirmé le
31 août 1779, par le testament de Marie-Louise Arnould,
veuve de Simon Didelot, ancien prévôt de Beaufremont. La
maison de feu Nicolas du Hand, située à Landaville-le-Bas,
payée à Jean Mahalin de Certilleux, était donnée ainsi que
« trois constitutions sur trois particuliers. »

En 1779, le régent des écoles reçut trente-trois livres
huit sols sur le produit de cette donation, pour les écolages
de trente-quatre enfants pauvres désignés par M. le curé.

Le maître d'école fut taxé à 1 livre 6 sols 6 deniers
« pour l'imposition des six derniers mois de l'année 1789
sur les ci-devant privilégiés. »

Lorsque la dîme fut supprimée, le Conseil général de la
commune décida que tous les ans, à la Saint-Martin, chaque
habitant payerait vingt-cinq sols, cours de Lorraine, au
maître d'école. (Délibération du 23 avril 1791.)

Le 29 août 1791, le Conseil général de la commune,
« après avoir examiné le décret de l'Assemblée nationale qui
supprime la dîme, considérant.... qu'il convient de graver
dans la mémoire des enfants, par le spectacle d'une solen-
nité civique et religieuse, le souvenir des lois bienfaisantes
qui ont restitué aux cultivateurs le produit des récoltes,
fruits pénibles de leurs sueurs...., délibère que ce jour 29
sera fêté.... » Le soir, on alla, en procession, bénir la dernière
voiture de gerbes ; au retour, on chanta le *Te Deum*.

D'un état portant la date du 22 février 1792 et intitulé :
« Questions sur lesquelles les municipalités du district de
Neufchâteau sont invitées à répondre, » nous extrayons ce
qui suit :

« Jean-François Sautré n'a d'autre profession que celle de maître d'école à Landaville ; il est le seul dans la commune ; il fait les fonctions de chantre, de sonneur, de sacristain ; il enseigne les enfants des deux sexes à lire, écrire, l'orthographe, l'arithmétique et le plain-chant. Il est chargé de fournir un homme pour enseigner alternativement les enfants des deux hameaux ; il lui donne 72 livres par an. »

« 18 livres affectées sur la location d'une maison donnée sont attribuées à l'écolage des enfants pauvres ; puis 11 livres 8 sols, par obligation, pour le même objet, et, en outre, 3 livres 17 sols. »

« Il n'y a aucune rente remboursée. Le maître d'école perçoit, sur les habitants, un gage fixe de 232 livres 5 sols de France et reçoit 3 et 4 sols des écoliers, ce qui peut lui rapporter 54 livres. Le casuel peut valoir 24 livres. Il n'y a point de maison d'école ; on se propose d'en construire une après permission obtenue. L'éducation est fondée sur l'usage. Il n'y a aucune bourse. Il n'y a aucun mobilier [1]. »

Le 16 janvier 1793, Jean-François Sautré, par suite de dissentiments survenus entre lui et Claude-Joseph Antoine, curé, remit le traité qu'il avait fait avec la communauté.

Jean-Joseph Larché, tisserand à Landaville, le remplaça comme chantre et maître d'école « pour jusqu'à la Saint-Georges suivante. »

Le premier germinal an II, l'agent national requit la municipalité et les membres du comité de surveillance de procéder au moyen de pourvoir la commune d'instituteurs et d'institutrices.

---

[1] *Archives des Vosges.* Dans cette pièce, le chiffre donné pour le produit du casuel, ne représente qu'une partie (le dixième à peu près) des émoluments du chantre.

Le même jour, Hubert Ringue, ancien régent des petites
écoles, se présenta pour exercer la profession d'instituteur
« protestant ne vouloir autre chose que ce que prescrit la
Convention, en cette circonstance, prêt à prêter serment avec
toute la sincérité de son cœur. »

Par une autorisation en date du 22 novembre 1817, M. le
Recteur de l'Académie de Nancy autorisait M. Perron (Joseph) pourvu du brevet de capacité, à exercer les fonctions
d'instituteur à Landaville-le-Haut. — Selon le marché conclu
le 8 mars 1819, M. Perron servait de chantre ; il assistait le
pasteur dans son ministère ; il tenait l'église et les linges propres ; il sonnait et conduisait l'horloge, puis faisait l'école
depuis la Toussaint jusque Pâques. On lui donnait 80 francs
par an et il avait droit à cinquante centimes par élève pour
chaque mois de fréquentation.

Une délibération du Conseil municipal, en date du 9 mai
1830, nous apprend qu'il n'existait qu'une seule école,
sauf dans le cas où l'instituteur faisait la classe en deux
endroits ; alors il était obligé de prendre un sous-maître
auquel il donnait cent francs.

Le 15 mai 1831, l'assemblée municipale vota une indemnité de un franc cinquante centimes par jour à l'instituteur
qui, pendant un mois, devait se rendre à Neufchâteau pour
assister à des conférences sur les divers objets de l'enseignement primaire. C'est aussi en cette année que fut décidée
la construction des bâtiments scolaires.

1863. — Donation à la commune, au nom de M. Liébaut, curé de Landaville, d'une somme de 7,000 francs
destinée à l'établissement d'une salle d'asile dirigée par
une religieuse. Cette salle d'asile fut ouverte en 1868.

Il nous paraît utile, maintenant, de jeter un coup d'œil

rétrospectif sur la situation de l'enseignement primaire à Landaville, avant la Révolution.

Dans notre village, comme dans toutes les localités où la population se livrait exclusivement à l'agriculture, l'instruction s'y développa lentement : les enfants étant de bonne heure et le plus souvent possible occupés aux travaux des champs.

Aussi, malgré toute la bonne volonté des maîtres, quelques élèves seulement quittaient l'école sachant lire, écrire et compter.

Au plaid annal de 1738, sur trente-deux principaux habitants de Landaville appelés à signer une délibération, dix firent une croix. Quant aux vingt-deux autres, il est facile de voir, à l'examen des signatures, que douze d'entre eux, *au moins*, pouvaient à peine tracer leur nom.

On trouve bien peu de rôles de la *subvention* signéspar les trois *asseyeurs* chargés de répartir et de percevoir cet impôt.

Presque tous les ans les syndics étaient obligés d'aller à Neufchâteau pour faire établir l'état de leurs comptes par quelque employé de la subdélégation.

De 1719 à 1730, nous avons compté trente-six actes de mariage ; vingt-trois maris ont signé (tant bien que mal); trente-deux femmes ont déclaré « n'avoir usage des lettres. »

De 1780 à 1791, il y a progrès ; sur cinquante-cinq époux, huit hommes seulement et vingt-trois femmes déclarèrent ne savoir écrire. Aujourd'hui et déjà depuis longtemps, les registres de l'état civil ne contiennent plus une seule croix en guise de signature.

Il est de notre devoir de rappeler que les conseils municipaux de Landaville ont toujours témoigné, par leurs votes, de l'intérêt qu'ils portaient à l'instruction primaire.

Chaque année différents crédits sont inscrits au budget pour prix aux lauréats du certificat d'études primaires (filles et garçons), pour subvention à la caisse des écoles, pour entretien de la bibliothèque scolaire fondée en 1879, etc. Le mobilier des écoles a été renouvelé récemment.

Un gymnase installé en 1882, un tir et une caisse d'épargne scolaire établis en 1884, sont annexés à l'école de garçons [1].

A plusieurs reprises des cartes géographiques, des tableaux d'histoire naturelle, des livres, etc., ont été accordés à la commune par l'Etat ou par le département, sur les propositions de M. l'Inspecteur d'Académie et de M. l'Inspecteur primaire ou d'après les recommandations de M. Frogier de Ponlevoy, député des Vosges, que nous considérons comme un des principaux bienfaiteurs des écoles communales et auquel nous associons, en ce sens, M. le docteur Crussard, notre délégué.

Institutrices de Landaville : 1834, Sœur N..., puis Sœur Rose Boussard ; 1850, Sœur Dosithée Chauvelot ; 1864, Sœur Honorine Mangin ; 1886, Mlle Joséphine George ;

Note. — L'enseignement primaire ne commença à être constitué que par la loi Guizot (1833). La loi Duruy (1867) assura une fréquentation plus exacte des écoles. Les lois Ferry (1880-1881) sont fondées sur le double principe de l'obligation et de la gratuité ; elles ont développé les programmes des écoles primaires ; elles ont constitué l'enseignement primaire supérieur et l'enseignement primaire professionnel. (Voir l'*Histoire de la Civilisation française,* par A. Rambaud.)

[1] Le musée scolaire appartient à l'instituteur. La bibliothèque renferme 142 ouvrages. Le nombre des prêts s'est élevé à 350 en 1887.

Directrices de la salle d'asile : 1868, Sœur Vincent Simonin ; 1873, Sœur Delphine Hory ;

Voici la liste des instituteurs de Landaville, à partir de 1675 jusqu'aujourd'hui, avec les qualifications données aux anciens maîtres, soit dans les actes de l'état civil où ils figurent la plupart du temps comme témoins, soit dans les rôles de la subvention : 1675, Jean Toussaint, « maître d'escholle » ; 1689, Jean Hyardin, régent des écoles ; 1701, Humbert Thyrion, régent des écoles ; 1693, Charles Husson, maître d'école ; 1704, Charles Laurent, maître d'école ; 1721, Clément Noël, régent d'école ; 1733, Antoine Blanchot, régent d'école ; 1738, Christophe Bourguignon, maître d'école ; 1739, Louis Raclot, régent d'école à Landaville-le-Bas ; 1742, Jean Grangé, maître d'école ; 1744, Joseph Thouvenin, régent d'école à Saulxures, permute avec Christophe Bourguignon ; 1747, Claude Arnould, maître d'école en même temps que Joseph Thouvenin ; 1762, Elophe Maillard, régent des écoles. — En 1765, Hubert Ringue, régent des petites écoles à Landaville-le-Bas et Elophe Maillard assistent, en qualité d'amis, à l'enterrement d'un enfant. — Dans un rôle de 1790, nous trouvons : « Jean-Joseph Matoux, couvreur, actuellement maître

Population scolaire en 1849	école de filles. . .	74 élèves.	
	école de garçons. .	72 élèves.	

Population scolaire en 1887	Elèves de 6 à 13 ans	filles. . . . . . . 24.	
		garçons. . . . . 20.	
	Elèves inscrits aux registres matricules.	école maternelle. 22.	
		école de filles. . 27.	
		école de garçons. 31.	

d'école. » — 1791, Jean-François Sautré, maître d'école ; 1793, Jean-Joseph Larché et Champagne, maîtres d'école ; an II, Hubert Ringue, instituteur à Landaville-le-Bas ; 6 brumaire an III, Jean-Grégoire Larcher se présente comme instituteur pour Landaville-le-Haut, « les enfants étant trop loin pour aller à Landaville-le-Bas. » 14 floréal an XIII, Arnould-Jean-Nicolas Thirion, « instituteur nommé par le jury d'instruction, doit instruire les enfants de la commune, du 15 vendémiaire au 15 germinal (du 7 octobre au 22 mars), sur la lecture, l'écriture et le calcul décimal, à la condition qu'il ne sortira aucun enfant de Landaville-le-Bas. Pour *salaire*, il aura trois francs par élève. » Il cessa ses fonctions vers 1830 ; il n'y eut plus alors qu'un seul instituteur. — 1804, Charles Perron ; 1815 à 1858, Joseph Perron ; 1858, Eugène Aubry ; 1866, Joseph-Théophile Zamaron ; 1881, Paul Pognon ;

AGRICULTURE [1]

> Aucun art n'est au-dessus de l'agriculture.
> A faible champ, fier laboureur !

D'après le cadastre, l'étendue du territoire de la commune de Landaville est de 1310 hectares 0806 se divisant ainsi qu'il suit :

		ares.
Terres labourables		69668,24
Terres vaines ou vagues		3077,17
Vergers		731,34
Jardins		333,37
Vignes		2809,44
Prés		7635,84
Pâtis		3749,71
Bois		40143,70
Surface des propriétés bâties		289,98
Chenevières		914,43
Etangs		164,38
Chemins (contēn^{ce} non imposable)		1404,03
Ruisseau	id.	86,82

Selon les statistiques agricoles annuelles, les principales cultures sont, actuellement, le blé (230 hectares environ), le seigle (6 hectares), l'orge (20 hectares), l'avoine (200 hectares), les pois et les lentilles (5 hectares), les pommes de terre (60 hectares), les betteraves fourragères (4 hectares), les prairies artificielles (13 hectares). Les vignes occupent une superficie approximative de vingt-sept hectares et l'on compte à peu près quatre-vingts hectares de prés naturels donnant un bon fourrage à cause de la grande quantité de légumineuses et de graminées qui s'y trouvent.

L'effectif des animaux de ferme est, en moyenne, de

---

[1] Certaines indications concernant l'agriculture et la statistique, ont déjà été données dans les deux premiers chapitres de cet ouvrage.

120 pour l'espèce chevaline, de 250 pour l'espèce bovine, de 300 pour l'espèce ovine, de 250 pour l'espèce porcine et de 30 pour l'espèce caprine.

Le sol, assez fertile, se compose, en général, d'un calcaire argilo-sableux, peu perméable.

Les chemins ruraux, reconnus en 1882, ont une longueur totale de 21,790 mètres.

L'assolement est encore triennal ; cependant on remplace une partie des jachères par des prairies artificielles ou par la culture des plantes sarclées.

La commune possède à peu près les deux tiers des forêts situées sur son finage. Les essences dominantes sont le chêne, le hêtre et le charme. Viennent au second rang l'érable, le tremble, le tilleul, le platane, l'aulne, le frêne, etc.

Entre autres plantes que le botaniste peut rencontrer sur notre territoire, nous citerons : l'épine-vinette, la petite centaurée, l'actée épiée, le bouillon-blanc, la cynoglosse officinale, le lierre terrestre, la gentiane, le miroir de Vénus, la scille double-feuille, la verveine officinale, le serpolet, la pervenche, le genêt, la mauve, la clématite des haies, l'herbe aux perles, etc. Celles-là sont utiles ou curieuses ; les suivantes sont vénéneuses : l'ellébore fétide, la parisette à quatre feuilles ou raisin de renard, la grande chélidoine, l'anémone pulsatille, la ciguë, la belladone, la pomme épineuse, le colchique d'automne, le joli-bois, plusieurs euphorbes, etc.

Pour terminer ce chapitre, disons que l'agriculture est en progrès à Landaville. Nous en avons la preuve dans les récompenses accordées à différents habitants du village, par le Comice agricole de l'arrondissement de Neufchâteau.

ADMINISTRATION

Voici, aussi succinctement que possible, les renseignements relatifs à l'administration générale :

Landaville, 463 habitants, canton et arrondissement de Neufchâteau, circonscription scolaire de Neufchâteau, inspection des forêts de Neufchâteau (sud), contrôle des contributions directes de Lamarche, perception de Landaville [1], débit de tabac avec recette buraliste, résidence d'un brigadier forestier, — bureau de poste de Neufchâteau, halte sur la ligne du chemin de fer de Neufchâteau à Epinal, route nationale de Toul à Belfort, chemin de grande communication de Landaville à Damblain, chemins vicinaux vers Rouvres et vers Aulnois.

Plus d'une fois il a été question des édifices communaux dans la notice historique, il suffit donc de rappeler qu'il y a, à Landaville, une église, une maison commune (mairie et écoles), un presbytère, quatre fontaines à Landaville-le-Haut, une aux Quatre-Vents, cinq à Landaville-le-Bas et, en outre, plusieurs puits. On peut aussi y ajouter deux ponts, dont l'un, toutefois, a été reconstruit par l'Administration vicinale, en 1884.

Depuis longtemps, le chiffre de la population n'est descendu aussi bas que dans ces dernières années ; on va en juger.

Le 3 novembre 1793, on fit une liste de tous les habitants de la commune. On trouva 562 individus dont 153 votants aux assemblées primaires. En 1820, on comptait 622 personnes : 401 en *Bas* et 221 en *Haut* [2] ; en 1850, il

---

[1] Le Percepteur et le Contrôleur résident à Neufchâteau.

[2] D'après un état dressé par le maire, à titre de simple renseignement.

y avait 726 habitants, 208 ménages et 180 maisons. Aujour-
d'hui, les documents officiels indiquent 463 habitants,
177 ménages et 160 maisons dont 66 maisons, 76 ménages
et 195 habitants pour Landaville-le-Haut, avec la ferme
de Mayeval et les Quatre-Vents ; 94 maisons, 101 ménages
et 268 habitants pour Landaville-le-Bas, avec le moulin de
l'Etanchotte et la barrière du Gué. — Électeurs inscrits :
172 en 1887.

PRINCIPAL DES CONTRIBUTIONS DIRECTES :

Contribution foncière (en nombre rond)...		5.720 fr.
id.	personnelle-mobilière, id....	1.170
id.	des portes et fenêtres, id....	385
id.	des patentes..	id....	270
	Total......	7.545 fr.

On peut évaluer les revenus annuels de la commune à
5,000 fr.

Valeur du centime : 43.

---

*Habitants de Landaville qui furent assesseurs du juge de
paix de Beaufremont :* Claude-Hubert Thirion, Jean Bogard,
Claude-Hubert Maillard, Roch Ternet, Paul-François
Morel [1].

Percepteurs. — Pendant la Révolution, les fonctions de
comptable étaient mises en adjudication, au rabais, dans
chaque commune ; ainsi en l'an VI, Jean-Simon Bogard fut
reconnu percepteur « moyennant trois deniers par livre en

[1] *Juges de la haute justice de Landaville, à partir de 1690 :* de Flogny,
Rolin (vers 1709), Antoine Andreu, prévôt de Châtenois (1717), Louis-Nicolas
Jacques (1726), Claude-Vincent de Braux (1740), de Cancourt (1750), René-
Joseph Carbon, lieutenant de police (1776), Jacques-Sébastien Massy (1785).

numéraire. » Jean-Charles Toupot, ancien curé de Rouvres, l'avait été en l'an IV. Nous avons aussi trouvé les noms suivants : Nicolas Morel, Claude-Hubert Maillard, Gervais Masseaux (ou Masson), Jean-Nicolas Larché. Lorsque les perceptions furent organisées, Landaville fit partie de la réunion de Beaufremont qui comprenait : Beaufremont, Aulnois, Certilleux, Circourt, Hagnéville, Landaville, Lemmecourt, Ollainville, Roncourt, Tilleux. MM. Vivenot et Froebling occupèrent successivement ce poste, mais ils habitaient Landaville. En 1834, ces mêmes communes formèrent la perception de Landaville. En 1852, on y ajouta Jainvillotte, Pompierre et Sartes ; puis en 1856, la réunion comprit, comme aujourd'hui : Landaville, Beaufremont, Certilleux, Circourt, Jainvillotte, Lemmecourt, Pompierre, Rebeuville, Sartes et Tilleux.

Percepteurs de la réunion de Landaville : MM. Contaut [1] (1834), Chaufour (1844), de Lagabbe (1850), Cailleau (1870), Collot (1875), Ferry (1880), Mougeot (1886),

Sous-lieutenants de la subdivision des sapeurs-pompiers : MM. Champagne, Joseph-Alexis, nommé sous-lieutenant en 1853, en remplacement de Renault, Nicolas qui avait succédé à Jean-Baptiste Ruellet ; Jules Laborde (1876), Mulot, Charles (1887),

. [1] M. Contaut fut élu membre de l'Assemblée nationale en 1871.

Délégués du Conseil municipal pour l'élection des sénateurs :
MM. Mulot, Amand, délégué, Joseph Bichon (Thouvenin), suppléant (1875); Victor Gérard, délégué, Jean-Joseph Bichon (Fort), suppléant (1881);

Liste des administrateurs de la commune de Landaville, depuis 1790 :

1790, Paul-François Morel, maire.

1790, Christophle Bichon, procureur.

1791, Jean Bogard, procureur.

1792, Nicolas Morel, maire.

1793, Jean-François Génin, maire.

1793, François Larminaux, procureur.

1794, Antoine Mulot, agent national.

1796, Nicolas Morel, agent municipal.

1796, Claude-Hubert Maillard, adjoint municipal.

1798, Claude-Hubert Maillard, agent municipal.

1798, Pierre Menecier adjoint.

1799, Nicolas Colin, adjoint.

1801, Pierre Menecier, maire.

1801, Jean-Joseph Bogard, adjoint.

1802, Claude Bichon, maire.

1802, Claude-Hubert Lallemand, adj.

1806, Christophle Bichon, maire.

1806, J. Gaudez, adjoint.

1813, Ignace-Charles Molard, adjoint.

1815, Jean-Nicolas-Grégoire Larcher, maire.

1815, Clément Lautel, adjoint.

1816, Pierre Menecier, adjoint.

1821, Nicolas Colin, adjoint.

1825, François Maillard, maire.

1828, Jean Ternet, maire.

1828, Elophe Génin, adjoint

1831, Roch Raould, maire.

1832, Jean-Nicolas Morel, adjoint.

1837, Etienne Cordier, ajoint.

1845, Etienne Cordier, maire.

1845, Jean-Baptiste Ternet, adjoint.

1846, Roch Raould, adjoint.

1848, Nicolas-Louis Colin, maire.

Juillet 1848, Maurice Maillard, maire.

Juillet 1848, Joseph-Michel Renaut adjoint.

Septembre 1848, Joseph-Michel Renaut, maire.

Septembre 1848, Maurice Maillard, adj.

1865, Amand Mulot, maire.

1865, Joseph Bichon (Thouvenin) adj.

1870, Joseph-Michel Renaut, maire.

1870, Amand Mulot, adjoint.

1874, Maurice Maillard, maire.

1874, Louis-Nicolas Colin, adjoint.

1876, Amand Mulot, maire.

1876, Joseph Bichon (Thouvenin), adj.

1878, François Ringue, adjoint.

1881, Nicolas Martin. maire.

1881, Joseph Bichon (Thouvenin), adj.

1884, Victor Gérard, adjoint.

1887, Alexandre Bouvinet, adjoint.

Chacun pourra consigner ci-dessous les renseignements concernant sa famille [1].

—

[1] Nous avons recueilli bien des notes sur la plupart des familles de Landaville, ainsi que sur les officiers, instituteurs. fonctionnaires, employés de diverses administrations, etc., originaires de cette commune, de même que sur les personnes qui ont obtenu des médailles pour actes de dévouement ou comme récompenses à la suite de concours.

Nous les communiquerons à tous ceux qui nous en feront la demande, *pour leur famille.*

Landaville, le 30 janvier 1888.

POGNON,
Instituteur.

ERRATA

PAGE 7. — De la halte de Landaville à la gare d'Epinal il y a 68 kilomètres.

PAGE 10. — *Lire* coteaux *au lieu de* côteaux.

PAGE 14. — *Lire* seigneurie *au lieu de* seigneurerie.

PAGE 29. — *Lire* bailliage *au lieu de* baillage.

PAGE 34, dans le renvoi. — *Lire* 1513 *au lieu de* 1613.

C'est par erreur que nous avons mis Joseph Ternet, fils de Roch et d'Anne Raould, au nombre des soldats morts au service. Ce Joseph Ternet était menuisier ; il fut seulement requis en 1793, ainsi qu'il est dit dans la notice historique, pour aller travailler « aux caissons de la République. » C'est un autre Joseph Ternet de Landaville qui, d'après un état dressé à Wasselonne « le troisième jour de la première décade du deuxième mois de la deuxième année de la République », était sergent au 15ᵉ bataillon des Vosges. D'ailleurs, dans ce chapitre, nous n'avons cité ce nom et ceux qui le suivent que sous toute réserve.

Imp. typ. et lith. GONTIER-KIENNE, place Jeanne d'Arc à Neufchâteau.

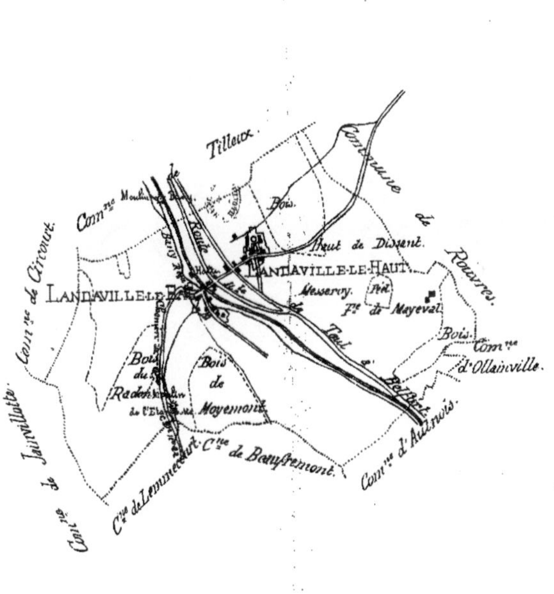

Tilleux.
Comᵗᵉ Moulin
Comᵗᵉ de Circourt.
Comᵉ de Jainvillatte.
Bois.
Commune de Rovvres.
Route
Haut de Dissent.
LANDAVILLE-LE-HAUT.
LANDAVILLE-LE-BAS.
Messeroy.
Fᵗᵉ de Mayeval
Bois.
Comᵗᵉ d'Ollainville.
Bois du Radenxmolin
Bois de Moyemont
de l'Etang de Moyemont
Cᵗᵉ de Lemmecourt. Cᵗᵉ de Beaufremont.
Comᵗᵉ d'Aulnois.

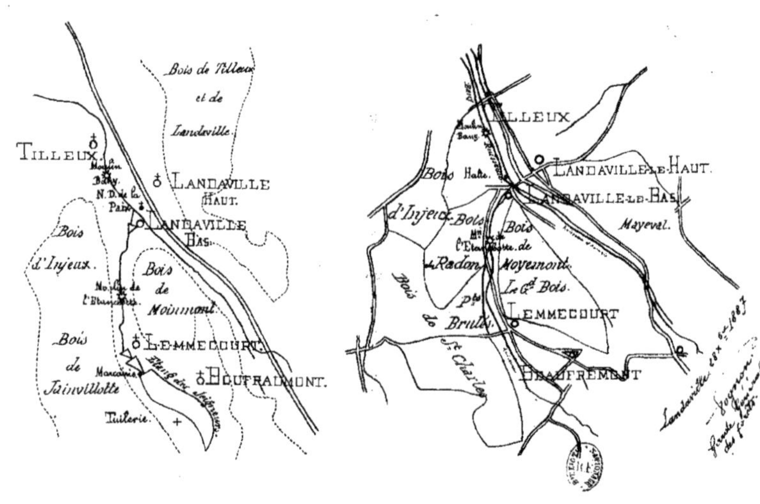

<table>
<tr><td>D'après Cassini.</td><td>D'après l'État-Major.</td></tr>
</table>